Zu Hause in Ostpreußen

Zu Hause in Ostpreußen

Erinnerungen an Heinrichstal

1895 – 1945

von Amalie Belusa

Bibliografische Information der Deutschen Nationalbibliothek
Die Deutsche Nationalbibliothek verzeichnet diese Publikation in der Deutschen Nationalbibliografie; detaillierte bibliografische Daten sind im Internet über http://dnb.dnb.de abrufbar.

© 2014 **Amalie Belusa**
Satz, Umschlaggestaltung, Herstellung und Verlag: BoD – Books on Demand
ISBN 978-3-7357-4543-9

Inhalt

Vorwort	7
Meine Vorfahren	8
Meine Eltern	17
Der erste Weltkrieg	30
Vater wird von den Russen verschleppt	35
Die 7-Zentner-Sau	38
Das Ende der russischen Besatzung	42
Bayerische Soldaten in Treuburg auf dem Markt	44
Die Zeit nach der russischen Besatzung	44
Die spanische Grippe	51
Das Kriegsende	56
Ein Bauer muss auf den Hof	56
Endlich der richtige Freier	59
Die Abstimmung	61
Unsere Hochzeit	63
Meine Schwester Ida	71
Der unterschriebene Wechsel	72
Die Hochzeit meiner Schwester Anna	76
Die Hochzeiten meiner anderen Geschwister	77
Die Geburt unserer beiden Jüngsten	78
Die vielen Nebentätigkeiten meines Mannes	78
Hitler kommt an die Macht und der 2. Weltkrieg	81
Die Ausbildung unserer Tochter Leni	82
Die Hochzeit unserer ältesten Tochter Leni	83
Lenis Unfall (Sommer 1944)	85
Unser Sohn Walter	87
Unsere Tochter Gerda	90

Unsere Tochter Ursula	92
Unsere Jüngste Erika	93
Große Sorgen um Irmchen	94
Unsere Familie wird kleiner	96
Kriegsgefangene als Arbeiter auf dem Hof	97
Ein Partisan verfolgt mich	99
Die Flucht	103
Evakuiert in Pustnik	**107**
Noch einmal zurück auf den Hof	109
Mein letzter Besuch bei Leni im Krankenhaus	111
Die weitere Flucht ohne unsere Fuhrwerke	**114**
Übers Haff	116
In Danzig	123
Endlich raus aus dem Kessel	124
Ankunft in Triebendorf	125
Die Vorfahren meines Mannes	**132**
Nachtrag	**135**

Vorwort

Meine Mutter, Amalie Belusa, geb. Tertel, geboren 1895, hat immer gern und viel von zu Hause erzählt, schöne Geschichten, aber auch Geschichten vom 1. Weltkrieg, wie ihr Vater von russischen Truppen verschleppt wurde oder vom 2. Weltkrieg und der Flucht vor der Roten Armee. Wir drei noch übriggebliebenen Geschwister, Gerda, Ursel und ich hörten gern zu und versuchten, sie zu überreden, diese Geschichten doch aufzuschreiben. Wir wollten nicht, dass diese Erinnerungen in Vergessenheit gerieten.

Und eines Tages, kurz vor ihrem 80. Geburtstag setzte sie sich hin und schrieb und schrieb und schrieb. Und dieses Buch ist daraus entstanden. Ganz bewusst habe ich nichts daran verändert, auch nicht ihre ostpreußische Satzstellung, denn so hat sie gesprochen. Wann immer ich einige Seiten in den Erinnerungen lese, höre ich ihre Stimme und sehe sie vor mir, diese kleine zierliche Person, so energiegeladen, so willensstark und mit so viel Gottvertrauen, meine Mutter. Ich bin sicher, ohne diesen starken Glauben hätte sie und auch wir nicht überlebt. Sie starb 1992 mit fast 97 Jahren.

Es ist ein sehr persönliches Buch daraus geworden. Daher war es auch viele Jahre ein „gut gehüteter Schatz" in unserer engsten Familie. Nachdem nahezu alle in dem Buch genannten Personen mittlerweile nicht mehr leben und bisweilen in den Medien immer „gegen das Vergessen" gepredigt wird, habe ich mich entschlossen, diese Erinnerungen zu veröffentlichen.

Erika Lanzendorfer, geb. Belusa

Meine Vorfahren

Die Großeltern meines Vaters waren Matthias Tertel und Dorothea, geb. Browarzik aus Olschewn (später Erlental).

Der Sohn, Friedrich Tertel, geb. 13.11.1820, heiratete die Landwirtswitwe Regina Myska, geb. Paprotka aus Duneiken Kr. Oletzko (später Treuburg). Die Trauung war in Schwentainen am 28.1.1849. Friedrich und Regina Tertel kauften später einen Bauernhof in Leschniken (später Kukowken und zuletzt Kleinheinrichstal). Hier ist auch mein Vater Ludwig Tertel am 28.8.1862 geboren.

Mein Vater war der Jüngste von vier Kindern. Seine Eltern waren gute und fleißige Bauersleute und sehr sparsam. Aus der ersten Ehe hatte seine Mutter zwei Söhne. Einem wurde ein Hof in Gonsken (später Herzogskirchen) gekauft, dem zweiten Sohn einer in Pryzytullen (später Seefrieden). Dann wollten sie den eigenen Hof neu und geräumiger bauen. Aber die Grenze des Nachbarn ging dicht am Hof vorbei. Da der Nachbar mehrere erwachsene Söhne hatte, die in der Gemeinde nicht gerade beliebt waren, hat Großvater versucht, seinen Hof zu kaufen. Es ist ihm auch gelungen. Der gekaufte Hof wurde niedergerissen. Mein Vater hatte unseren Obstgarten da angelegt, wo früher der Hof stand. Nun konnte der Großvater seinen Hof vergrößern und musste es auch. Denn es waren jetzt über 300 Morgen[1] Land. Er hat auch noch eine Wiese dazugekauft.

Aber der Mensch denkt und Gott lenkt. Mein Vater ging noch nicht in die Schule, da starb plötzlich sein Vater. Seine Frau wollte sich mit der Landwirtschaft nicht befassen. Es gab wohl damals keine Sparkassen, denn mein Vater erzählte, dass seine Mutter das gesparte Geld an Bauern verlieh, Zinsen kassierte, weiter sparte und wieder verlieh.

---

1 Preußische Morgen = ¼ ha

Sie muss viel gespart haben. Vater erzählte nicht gern davon. Aber wenn der Nachbar Sembritzki, Vaters Schulfreund, bei uns war, und einigen Bärenfang getrunken hatte, erzählte er davon. - Solange unser alter Eckschrank noch im Zimmer stand hat er mit meinem Vater die Geldsäcke aus dem Schrank geholt und mit den 1-Taler- und 2-Talerstücken gespielt. Und sehr oft sagte er, wenn wir jetzt das Geld hätten. Aber mein Vater wollte das nicht hören. Er konnte sich aber noch gut daran erinnern, an wen Mutter Geld geliehen hatte. Als Schuljunge ist er mit seiner Mutter umhergefahren, um die Zinsen zu kassieren.

Mein Vater hatte noch zwei Brüder, Matthias und Johann und eine Schwester. Ich weiß nicht, ob sie Lotte oder Charlotte hieß. Lotte wurde sie genannt. Meine Großmutter wollte die Tochter gut aussteuern und die Söhne sollten jeder einen schönen Hof haben. Und wer unseren Hof erben sollte, konnte dann bauen. An Geld sollte es nicht fehlen. Die Frau Laskowski, die als junges Mädchen bei meiner Großmutter im Dienst war, hat uns noch oft von ihr erzählt. Sie sagte aber auch, dass Großmutter sehr gespart hat und deshalb von allen wegen ihres Geldes sehr beneidet wurde.

Die Kinder gingen nach Pryzytullen in die Schule. Das war auf der anderen Seeseite[2], unserem Hof gegenüber. Damals gab es nur Unterricht in masurischer Sprache. Erst nach dem 3. Schuljahr meines Vaters wurde deutsch unterrichtet. Im Winter, wenn der See gefroren war oder im Sommer, bei ruhigem Wetter, war der Schulweg nicht schlimm. Aber im Herbst und Frühjahr war es nicht ganz einfach. Vater konnte davon manche Geschichte erzählen. Nicht nur schlimme, die er sowieso nicht gern erzählte, sondern auch lustige Streiche, wie sie nur Schulbuben erfinden können. Doch noch während der Schulzeit ist ihm das Schlimmste passiert, was einem Kind in dem Alter passie-

---

2 Der See ist 7 km lang und fast 1 km breit

ren kann. Seine Mutter ist plötzlich, wahrscheinlich am Herzschlag, gestorben.

Sein ältester Bruder Matthias war 21 Jahre alt. Er heiratete bald ein Mädchen von 19 Jahren aus gutem Hause. Aber die Eltern waren weit weg. Zu der Zeit haben die Leute selten so jung geheiratet. Es wäre auch alles weiter gut gegangen. Die Kinder hatten ja bei der Mutter gelernt, wie man gut wirtschaftet. Wenn nur die „guten" Nachbarn nicht gewesen wären, die schon lange sehr neidisch waren. Jetzt taten sie mit Matthias sehr freundlich und sagten: „Bis jetzt hast Du so hart arbeiten müssen. Jetzt kannst Du endlich den Herrn spielen. Du wärst ja schön dumm, zu arbeiten, wenn Du so viel Geld hast. Solange Du lebst, wird es sicher reichen. Komm, Du bist jung, lass uns feiern." Erst wollte er nicht so recht. Aber dann fand er Gefallen daran und mit der Zeit auch seine Frau. Zuletzt war er immer öfter betrunken.

Seine Schwester hat dann überstürzt geheiratet. Und Johann, sein Bruder, ist auch fortgegangen.

Als mein Vater aus der Schule kam, ging er auf ein Gut. Jetzt fing für ihn eine sehr schlimme Zeit an. Wenn er uns davon erzählte, hatte er Tränen in den Augen. Kleider und Wäsche sind ihm zu klein geworden. Trotzdem war er immer munter und hat gesungen und gepfiffen. Alle hatten ihn gern. Es hätte ihm auch sicher jemand geholfen, wenn er sich anvertraut hätte. Aber er war trotz seiner Armut zu stolz, um jemanden um Hilfe zu bitten. Von den Scharwerksbuben hat er sich dann auch noch Krätze und Läuse geholt. Das war das Allerschlimmste.

Zu Ostern kam er dann nach Hause. Den alten Dienstboten erzählte er alles. Und deren Omas und Opas gaben ihm den Rat, er soll die verlausten Kleider vergraben, da würden alle Läuse rausgehen. Auch gegen Krätze hatten sie ein ganz gutes Mittel. Zwei Jungs hatten Krätze. Am Ostersonntag, bevor die Sonne aufgeht, sollten sie in dem Graben hinter unserem Hof ein Loch ins Eis schlagen und dreimal hintereinander nackend im eiskalten Wasser untertauchen. Mein Vater sagte, das Eis war schon ganz dünn. Es war keine große Arbeit, es aufzuhacken. Aber wirken würde es nur, wenn sie keinen Laut von sich geben würden. Als der Erste reinsprang, schrie er laut hu, hu. Der Andere schimpfte. Als er aber reinsprang, schrie er ebenfalls. Also half die Kur auch nicht. Und die Läuse waren auch noch in den Kleidern. Nun weiß ich nicht genau, was folgte. Ich glaube, sein Bruder Johann und seine Schwester halfen ihm. Er war dann noch einige Zeit auf fremden Gütern.

Sein Bruder Matthias hatte schon lange kein Geld mehr. Jetzt fing er an, das Vieh zu verkaufen. Er war ganz den Nachbarn verfallen und hörte sonst auf niemanden. Jetzt konnten sie mit ihm alles machen. Denn er war fast nie nüchtern. Ich verstehe nicht, wie er das alles machen konnte, da ja noch mehr Geschwister da waren. Ich habe Vater damals nicht gefragt, weil ich zu jung und unerfahren war. Vielleicht hatte meine Großmutter ein Testament gemacht. Als kein Vieh mehr im Stall war, fing er an, das Land an die Nachbarn zu verkaufen.

Als sein Bruder Johann dies sah, nahm er sich das Land rechts der Straße als Erbteil. Es waren nicht ganz volle 90 Morgen. Er heiratete und sein Schwiegervater half ihm noch ein Stück Wald zu kaufen und auch, den Hof aufzubauen. Mein Vater kam und half ihm auch beim Bauen. Das war dann der Hof dicht an der Straße an unserem Feld wo jetzt Pogoda war. Matthias verkaufte jetzt im Wald das Holz, das zum Bauen des Hofes aufgehoben wurde, außerdem eine Wiese und mehrere Morgen Land. Alles nur für Schnaps. Sogar die großen Nussbäume von der Grabenböschung, die so geschützt standen und hinter der Scheune soll der Berg ein Obstgarten gewesen sein.

Vater war schon drei Jahre beim Militär und wollte dort weiter bleiben. Weihnachten wollte er doch sehen wie es zu Hause geht. Matthias war wie immer beim Nachbarn, seine Frau im Bett. Knecht und Magd waren die Herren im Haus. Aber zu essen war nichts da. Da fuhr er nach Gonsken, kaufte Brot und Fleisch und hat dann allein Weihnachten gefeiert. Vor lauter Ärger hat er seine Geschwister nicht mal besucht. Seine Vorgesetzten wunderten sich, dass er schon so früh zurückkam. Er wollte Soldat bleiben, da hatte er ein geregeltes Leben. Am Anfang war es auch da nicht ganz leicht. Seine Stubenkameraden haben ihn immer gefragt, warum er keine Pakete bekam und keinen Urlaub nahm, wo er doch vom Hof war. Dann kam ein Dormeyer von Saiden zu ihm auf seine Stube. Der bekam dauernd Pakete und auch Geld. Da er selber weder lesen noch schreiben konnte, hat Vater es für ihn getan. Dafür war er ihm dankbar und gab ihm oft auch etwas. Doch Vater fühlte sich nicht wohl, weil er ihm nie etwas geben konnte. Er musste sehr sparsam leben, um von den paar Groschen Sold eine extra Uniform und so manches andere kaufen zu können. Denn auf gute Kleidung hielt mein Vater sehr viel. In einem Brief, den sein Stubenkamerad Dormeyer erhielt, stand drin, dass unten in der Schmalzbüchse zwei Mark drin wären. Das verschwieg mein Vater. Er wusste, dass er den Rest Schmalz bekommt, wenn sein Kamerad ein neues Paket bekommt. Und so war es auch. Mein Vater nahm das Geld als er die Büchse bekam und sie machten sich beide einen schönen Abend. Dormeyer freute sich sehr, dass Vater ihn eingeladen hatte.

Aber kurz darauf musste Dormeyer nach Hause. Es war eine Beerdigung oder sonst was. Als er zurückkam, drohte er dem Vater und lachte. Jetzt wusste er, warum Vater ihn bewirtet hatte.

Er hatte auch Freunde in der Küche, die ihm manches zugesteckt haben. Denn der Sohn von einem Arbeiter, der bei Vaters Eltern im Dienst war, hat dem Koch wahrscheinlich mitgeteilt, dass er kein zu

Hause hatte. Vater wurde bald befördert und dann ging es ihm gut. Er war immer guter Laune und deshalb sehr beliebt. Dann aber schrieb ihm sein Bruder Johann und auch seine Schwester, er soll nach Hause kommen und den Hof übernehmen, sonst geht er ganz kaputt. Doch er hatte gesehen, wie sein zu Hause aussah und wollte nicht. Aber die Beiden ließen ihm keine Ruhe und erinnerten ihn immer wieder an die Eltern und die Pflicht, das Erbe zu erhalten.

Da entschloss er sich schweren Herzens. Es waren nur noch 126 Morgen. Im Stall standen nur zwei Kälber. Dann erzählte er von einem 2jährigen Stutfohlen. Aber ich weiß nicht, ob er das im Stall fand oder gekauft oder vom Schwiegervater bekommen hat. Den Bruder mit kaum 36 Jahren, die Schwägerin noch jünger, übernahm er im Altenteil. Erst hatten sie keine Kinder und dann als Altenteiler bekamen sie eine Tochter. Und Schulden über Schulden. Aber keine Hypothekenschulden. Der Gerichtsvollzieher kam am Vormittag und auch am Nachmittag.

Vater heiratete dann seine Cousine. Die hatte etwas Geld, um die schlimmsten Schulden abzudecken. Die Frau war sehr tüchtig und fleißig. Dann stellte Vater einen tüchtigen jungen Mann ein. Er hieß Borowski. Seine Söhne waren alle zuerst bei meinem Vater im Dienst und dann hat jeder ein Handwerk gelernt. Der Älteste war Tischler, dann 12 Jahre beim Militär und dann Beamter auf dem Finanzamt in Berlin. Die Jüngeren waren Schlosser. Sie haben dann in Kiel an den ersten U-Booten gearbeitet. Die beste Hilfe, sagte Vater immer wieder, war das Stutfohlen. Es brachte ihm jedes Jahr ein sehr wertvolles Fohlen. So ging es langsam aufwärts. Am schlimmsten war das erste Jahr, weil alles, aber auch alles gekauft werden musste (Vieh und Saatgut). Matthias konnte er nur langsam das Trinken abgewöhnen. Er gab ihm vormittags und auch nachmittags ein paar Schnäpse bis er es ihm fast ganz abgewöhnt hatte.

Viel schlimmer waren die Nachbarn. Die hetzten und redeten Matthes zu, er soll bei meinem Vater stehlen. Anfangs hat er es auch versucht. Aber bald hatte er Respekt vor meinem Vater. Der nächste Nachbar war der schlimmste. Er versuchte sogar einem Fohlen die Beine zu brechen. Doch Vater hat ihn dabei auf dem Feld erwischt und hat ihn gejagt, bis er nicht mehr konnte und hat ihn auch selber bestraft. Ein anderer hat abends die Zuchtstute mit dem Fohlen und noch drei Pferden von unserer Wiese genommen und sie zwei Gemeinden weiter in Bergenau (damals hieß es Krzywen) bei einem Bauern ins Haferfeld getrieben. Zwei Tage hat Vater sie gesucht. Aber der Bauer hatte gesehen, dass sie reingeführt wurden. Er wusste aber nicht, von wem und auch nicht, wem die Pferde gehörten. Von so weit her hatte er sie nicht vermutet. Aber es ging doch immer mehr aufwärts.

In unserem Insthaus wohnte zu der Zeit ein O. Der war früher selber Bauer, hatte aber seinen Hof auch verprasst. Seine Schwester war auch Bäuerin (die ältere Frau K.). Er war kein guter Arbeiter und seine Frau wurde jedes Mal krank, wenn sie zur Arbeit kommen sollte. Aber irgendwie tat er meinem Vater immer leid und behielt ihn im Insthaus. Dieser O. hatte einen ganz schwarzen Kater. Der kam zu uns und hat die Entennester ausgeräumt. Einmal haben die Knechte den Kater erwischt und ihm ein langes Strohband an den Schwanz gebunden und ließen ihn dann laufen. Die Frau M. war gerade draußen, als der Kater - es war schon ziemlich dunkel - an ihr vorbeiraste. Nun hatten Vaters Nachbarn wieder etwas Neues. Es ging wie ein Lauffeuer durch das Dorf: Mein Vater stünde mit dem Teufel im Bunde und der helfe ihm. Frau M. hätte gesehen, wie er vom Hof die Straße lang zum O. raste und ein langer heller Streifen hinterher. Die Knechte schwiegen und Vater war es recht.

Aber nun fingen auch Vaters Geschwister oder vielmehr Schwager und Schwägerin an, neidisch zu werden. Einmal fuhr Vater nach Gonsken in die Mühle um sein Mehl abzuholen. Als er den Wagen vollgeladen hatte, kam sein Nachbar K., er war sehr groß und wurde deshalb nur K. der Große genannt, und Vaters Bruder Johann und baten Vater, sie mitzunehmen. Vater sah, dass sie schon etwas über den Durst getrunken hatten und äußerte Bedenken, dass sie runterfallen könnten, weil doch der Weg, bevor die Straße ausgebaut wurde, ziemlich steil bergab ging. Aber sie kletterten rauf und er brachte sie auch glücklich den Berg runter. Dann aber wirkte erst der Alkohol und Vaters Bruder fiel runter. Der Boden war gefroren, daher sein Sturz ziemlich hart. Er stöhnte. Vater wollte ihm helfen. Da stand der große K. auf und fiel auch vom Wagen. Er hat sich die Nase verletzt und blutete sehr. Vater wusste nicht, ob er die Pferde halten, die durch den Fall erschreckt wurden oder den Männern helfen sollte. Bis sich die Pferde beruhigt hatten, hatten sich die beiden Männer gegenseitig die Mäntel mit Blut beschmiert und Vater hatte Mühe, sie wieder auf den Wagen zu bekommen. Aber dann ging es gut. Vater fuhr ganz langsam. Bis sie nach Hause kamen waren sie ziemlich nüchtern.

Vater hatte den Fall dann schon längst vergessen als er eine Vorladung zum Gericht bekam. Er war sehr erstaunt. Da hatte doch Vaters Schwägerin gleich am nächsten Tag nach dem Unfall in aller Frühe den blutverschmierten Mantel genommen, ist zum K. gelaufen, ließ sich dessen Mantel zeigen, sah auch, dass er eine dicke Nase hatte und sagte ihm, er soll meinen Vater anzeigen, dass er sie unterwegs überfallen hätte. Ihr Mann liege im Sterben. Der K. wollte natürlich nichts davon wissen. Aber umso mehr seine Frau, die geborene O. Die hatte nämlich in der Familie die Hosen an und nicht der Mann. Ich kannte sie noch sehr gut. Jetzt mussten sie auf dem Gericht den ganzen Hergang erzählen. Das ganze Gericht lachte. Sie meinten, da müsste er aber sehr gewandt sein, wenn er bei seiner Größe die Nase treffen sollte. Es wurde nichts.

Dann kam Vaters Schwager an und wollte sofort die 300 Taler haben, die seine Frau noch zu bekommen hatte. Da auf Vaters Hof bis dahin keine Hypothek war, konnte er auch das erledigen. Vater hatte nun schon zwei Kinder. Seine Frau war sehr fleißig und auch sparsam. Sie wollte zu schnell hoch kommen.

Jetzt kamen für Vater neue Prüfungen. Seine Schwägerin, die Altenteilerin, deren Gesundheit durch den Lebenswandel wahrscheinlich ruiniert war, wurde ernstlich krank und starb bald darauf. Kaum hatte sich Vater von den Beerdigungskosten erholt, starb Matthias Tochter. Der Matthias sagte dem Vater in der Früh, seine Tochter habe nachts Bauchweh gehabt und war unruhig. Aber jetzt schläft sie und da möchte er auch noch etwas schlafen. Vater ging dann seiner Arbeit nach und als er wieder ins Haus kam, war das Kind tot. Wahrscheinlich Blinddarm, was man damals nicht wusste. Wäre das Kind nicht in dem Zimmer von Matthes gewesen, so hätte man ihren Tod noch dem Vater oder seiner Frau angehängt.

Kaum war das Kind beerdigt, da wurde Vaters Frau schwer krank. Der Arzt kam und hat ihr Tropfen verordnet. Vater sollte ihr selbst die Tropfen geben und nur einige. Ob es hilft, konnte er ihm nicht versprechen. Nach den Tropfen wurde es ihr auch etwas besser. Als Vater aufs Feld ging, rief sie ihre Tochter, die war schon fünf Jahre alt und sagte ihr, wo die Medizin steht. Sie sollte sie ihr geben. Sie meinte, wenn sie mehr nimmt als der Vater ihr gab, würde sie schneller gesund. Als Vater kurz darauf heim kam, war es schon zu spät. Vater war verzweifelt. In einem Jahr gleich drei Sterbefälle.

Seine Frau hatte sehr viel Wäsche hinterlassen. Bald merkte aber Vater, dass er kaum noch Hemden zum Wechseln hatte und auf dem Tisch fast immer das gleiche Tischtuch. Sein treuester Arbeiter, der B. und noch andere machten ihn darauf aufmerksam, dass, wenn er von zu

Hause weg war, unser Boot auch immer voll beladen unterwegs war. Das Dienstmädchen hatte die ganze Aussteuer der Verstorbenen weggeschafft.

Vater musste sehen, dass er bald wieder heiratete, denn die zwei Kinder brauchten eine Mutter. Er sagte, Auswahl hatte er, aber nichts nach seinem Geschmack. Da erinnerte er sich an die schlanke Gestalt meiner Mutter, die auf seiner Hochzeit war.

Meine Eltern

Meine Mutter war die Stieftochter von Vaters Cousin und Bruder seiner ersten Frau. Er hieß auch Tertel. Meine Mutter erzählte, dass sie den Vater immer schon gern gesehen hatte und sich so einen ähnlichen Mann wünschte. Sie stammte von einem größeren Hof aus der ersten Ehe ihrer Mutter. Ihr Vater war Johann Nowotsch, geboren 09.07.1823 in Przytullen (später Siebenbergen genannt). Sein Vater war Friedrich Nowotsch, seine Mutter Dorothea geb. Kowalzyk. Die Mutter meiner Mutter hieß Amalie, geb. Gollub. Deren Eltern, Christian Gollub und Barbara, geb. Glanert. Das war eine plattdeutschsprechende Familie. Da aber Mutters Vater nicht plattdeutsch konnte, hat es meine Mutter auch nicht gelernt. Mutter ging in eine hochdeutsche Schule.

Mein Vater hat schon vor der Militärzeit deutsch gelernt als er von zu Hause weg war. Beim Militär hat er es vervollkommnet. So waren unsere Eltern fast die einzigen, die damals deutsch konnten. Vater musste oft dolmetschen. Mutter brachte einiges andere mit. Sie hat anders gekocht und konnte auch sehr gute Kuchen backen. Mit Dienstboten konnte sie sehr gut umgehen.

Martini (11. Nov.) war bei uns ein Tag, da Dienstboten gewechselt haben. Bei uns haben sie selten gewechselt. Nur, wenn sie in die Lehre wollten. Da hat Vater ihnen meistens die richtige Stelle besorgt oder sie haben geheiratet. Das erste Mädchen bei meiner Mutter hieß Eva. Die hatte ich so lieb wie meine Mutter. Sie war zwölf Jahre bei uns. Mutter hatte nicht so viel Zeit für mich.

Der Eva ihre Schwester war in Königsberg. Als sie in Urlaub kam, brachte sie mir eine Puppe mit. Die habe ich dauernd an- und ausgezogen. Besonders die schönen Lackschuhe haben mir so gut gefallen. Meine Eltern haben sich später gewundert, dass ich mich so gut daran erinnern konnte. Sie sagten, ich war da nicht älter als zwei Jahre. Aber ich weiß es heute noch wie ich sie unter dem Arm trug und die Küchentür aufmachen wollte. Plötzlich fiel sie auf die Erde und der Kopf war kaputt. Sie meinten, ich sterbe vor Herzeleid. Keiner konnte mich beruhigen bis die Eva kam. Ich habe sie auch später als sie geheiratet hatte noch immer gern gehabt und sie besucht und als sie dann so schwer krank war, hat mich Mutter zu ihr geschickt und ihr jedes Mal was mitgeschickt. Bevor sie krank wurde, wurde sie viel zu Taufen oder sonst welchen Begebenheiten geholt, um zu kochen und zu backen.

In unserem Dorf hatten meine Eltern fast niemanden mit dem sie verkehren konnten. Meine Mutter war ihnen die Fremde, die die Dienstboten verwöhnt hat. Und dass die Lehrersfamilie bei uns verkehrt ist und jeder Polizist oder Postbote oder wer sich sonst bis zu uns verirrt hatte, bei uns gleich zum Essen eingeladen wurde, konnte keiner verstehen. Wenn eine Beerdigung war, hat unser Pfarrer gleich gefragt, ob mein Vater auch dabei sein wird oder sein Bruder Johann. Denn der Pfarrer konnte schlecht singen. Da musste Vater oder sein Bruder die Lieder anstimmen.

Kurz nachdem mein Vater zum zweiten Mal geheiratet hatte, bekam sein Bruder Matthias einen Schlaganfall. Das war für meine Mutter eine sehr schwere Zeit. Er lag fast den ganzen Winter und konnte sich nicht bewegen und nicht aufstehen. Vater hatte manchmal das Gefühl, er könnte, wenn er wollte. Das Essen schmeckte ihm. Als Mutter halb verzweifelt war, fing er an, wenigstens wegen seiner Notdurft aufzustehen. Und dann wurde es ganz gut. Nur den einen Arm konnte er schlecht bewegen.

Meine Mutter

Als Mutter mit ihm keine Last mehr hatte, fingen für sie neue Sorgen an. Nur weil sie sich mit Vater gut verstanden haben, konnten sie alles durchstehen. Onkel Matthias hielt jetzt viel auf meine Mutter. Mutter hat auch wieder ihr Erbteil eingebracht, das hat Vater wieder weitergeholfen. Er war der Erste, der sich eine größere Dreschmaschine mit Rosswerk und Häckselmaschine nach neuer Art gekauft hat.

Nun hatte Mutter auch schon eigene Kinder. Vaters Schwägerin versuchte immer meine Mutter irgendwie zu kränken. Mutters Stiefsohn war so alt wie der Schwägerin ihr zweiter Sohn. Nun hat sie unseren Johann (Vater hat ihm den Namen nach seinem Bruder gegeben) öfters zu sich zu locken versucht und fing an, ihn gegen meine Mutter aufzuhetzen. Ihr Mann, Vaters Bruder Johann, kam gern zu uns. Da wurde sie noch eifersüchtiger auf meine Mutter.

Da Vater als erste Frau seine Cousine hatte, war das älteste Kind, die Tochter Auguste, nicht ganz wie sie sollte. Beschränkt kann man das auch nicht nennen, aber langsam im Denken und auch in der Arbeit und auch noch etwas kurzsichtig. Vater meinte, sie ist mit sieben Monaten geboren, da ist bei ihr nicht alles ausgewachsen. Nun hieß es natürlich, die Stiefmutter ist schuld. Beide Eltern litten sehr darunter. Mutter wollte ihr vieles beibringen. Vater sagte, es nützt nichts, sie wird nicht anders. Aber jeder hat die Schuld der Mutter gegeben. Ich litt auch viel darunter. Ich ging selten wo hin, denn ging ich allein, so hieß es, ja die Stiefschwester darf nicht oder ich will sie nicht mithaben. Nahm ich sie mit und sie war so unbeholfen, dann hat man von ihr gelacht. Das wollte ich auch nicht, denn schließlich war sie ja meine Schwester und tat mir leid. Wir waren alle froh, als sie dann doch geheiratet hat.

Der Onkel Matthias hat nach sieben Jahren wieder einen Schlaganfall bekommen. Sechs Wochen lag er und konnte nichts essen. Die ersten 14 Tage hat er nichts als nur Wasser getrunken. Mutter hat alles versucht. Aber umsonst. Dann hat er endlich Bier getrunken, aber nichts gegessen. Einmal hat er Mutter zuliebe etwas verlangt, und zwar Schinken. Mutter freute sich und brachte ihm. Sie soll nur gehen, meinte er, er muss das ganz langsam essen. Und dann hat er ihn im Bett versteckt. Aber er stand noch selber auf und flog wie eine Feder durchs Zimmer. Dass ein Mensch so lange ohne Essen leben kann.

Nun mussten meine Eltern in die Stadt fahren. Mutter fragte ihn, wie es ihm gehe. Er sagte, gut, wie immer. Aber kaum waren sie fort, da rief er nach mir und bat mich, bei ihm zu bleiben. Er hat immer nach meiner Mutter gefragt und ich sollte schauen, ob sie noch nicht kommen. Da kam unser Mädchen, die wusste was mit ihm los war und hat mich mit Gewalt weggeschleppt und die Tür verschlossen. Aber ich blieb an der Tür und habe durch das Schlüsselloch geschaut, solange bis er still lag, denn ich wusste nicht, warum ich nicht mehr zu ihm durfte.

Das war der erste Mensch, den ich sterben sah. Am Karfreitag wurde er beerdigt und nach Ostern hat mich Mutter in die Schule gebracht. Es war das Jahr 1902.

Ein Jahr vorher 1901 hat mein Vater das Wohnhaus gebaut. Er hatte den Zimmermann schon im März zum Holz schlagen bestellt. Da hatten die Männer noch keine Arbeit und kamen von überall her. Es kamen zu viele und mussten zurückgeschickt werden. Sie wollten nur fürs Essen arbeiten. So bekamen sie volle Verpflegung und 50 Pf. pro Tag. Die waren froh. Denn es gab im Winter sonst keinen Verdienst, außer beim Fischen helfen oder Holz fällen und das auch nur in dem Forst und bis dahin war es doch weit zu laufen.

Mutter hatte viel zu tun und nur ein Mädel zur Hilfe. Meine dritte Schwester Ida war erst ein Jahr alt und Mutter erwartete im Herbst ihr viertes Kind, den Gustav. Sie konnte sich um die kleine Ida wenig kümmern. Die ist dann mit uns Größeren immer mitgelaufen. Natürlich war der Holzplatz für uns der beste Spielplatz. Haben uns dort versteckt und sind über das Holz geklettert und die Kleine mit. Das war für sie zu viel. Sie hat ihre Beine überanstrengt und wurde krank. Sie hat wahrscheinlich die englische Krankheit bekommen. Die Beinchen wurden schief. Mutter hat oft geweint, weil sie erst mit einem Jahr gelaufen ist und dann mit drei Jahren nicht laufen konnte.

Wir Größeren waren auch traurig. Denn wir mussten nun meistens bei ihr und dem kleinen Bruder bleiben.

Aber dann ging es wieder. Vater hat sich eine schwere Arbeit vorgenommen. Da jetzt das Grundstück so viel kleiner war, wollte er auch das Stück nutzbar machen, das bis jetzt ganz brach lag. Es lag ziemlich hoch und war mit lauter Kadicksträuchern (Wacholder) bewachsen. Das war nicht das Schlimmste. Aber er ahnte erst nicht, welche Steine in dem Boden lagen und wie viele. Die waren so groß, dass die meisten gleich im Boden gesprengt werden mussten. Ein Mann von Gonsken, den Namen habe ich vergessen, hat dauernd gesprengt. Überall lagen die Steine zu großen Haufen zusammengefahren. Meistens wurden sie im Winter auf extra dafür gebauten Schlitten, ich glaube, man nannte sie Schleifen, runtergeschleift.

Ein besonders großer und schöner Stein wurde von einem Fachmann in Streifen geschnitten. Die wurden dann als Stufen für unsere Kirche benutzt. Die Kirche war in Gonsken und stand auf einer Anhöhe. Von der Straße bis zur Kirche wurden dann die Stufen gelegt. Heute weiß ich nicht mehr genau, ob es 32 oder 36 waren. Alle von einem Stein.

Ein Stein hätte Vater bald das Leben gekostet. Drei Männer hielten den Stein mit Stangen fest. Vater ist runter in das Loch und wollte einen Keil runterlegen, um den Stein dann besser fassen zu können. Da rutschte dem einen die Stange ab und der Stein bedrückte Vaters Brust. Der Brustkorb war eingedrückt und die Lunge gequetscht. Vater war lange Zeit krank. Er musste dann zeitlebens bei der kleinsten Anstrengung husten.

Aber es war als wenn die Steine wuchsen. Jedes Jahr kamen neue hoch und wurden abgefahren, sogar jetzt noch zu meines Mannes Zeiten. Aber der Acker war gut. Man konnte alles anbauen. Zum Andenken hat Vater auf dem höchsten Gipfel einen schönen Kadick gelassen. Der wurde später ein selten hoher, fast Baum kann man ihn nennen. Den Hütejungen diente er später zum Schutz gegen Regen oder auch gegen zu starke Hitze. Im ersten Weltkrieg barg er verschiedene Waffen und sogar Fahrräder. Wir haben nichts davon gewusst. Hätten die Feinde damals die Waffen dort gefunden, konnte es für uns noch schlimmer werden.

Dann hat jemand Feuer unter dem Kadick angemacht und er brannte fast zu einem Viertel von unten aus. Jetzt stand er wie eine Hütte auf einem Stiel und war weit hin zu sehen. Tante Ida konnte ihn von Bunhausen von ihrem Feld sogar sehen. Ob er noch heute steht? Vielleicht ist der Berg wieder so wild verwachsen wie einst.

Ich glaube, es war 1909 als Vater den Vieh- und Pferdestall abgerissen hat und neu baute. Die ganze Ringmauer wurde nun von den Steinen gemacht wie man ja auf dem Bild noch sehen kann.

Unser Hof

Der Sohn von dem Bauunternehmer hat sich in meine Cousine Amalie verliebt und sie auch geheiratet. Die zweite Cousine Friederike ging nach Königsberg. Der Cousin Fritz und mein Stiefbruder Johann mussten zum Militär.

Vater hatte keine Schulden mehr und es ging eigentlich alles ganz gut. Wir waren außer den Stiefgeschwistern noch sechs Kinder. Vier Schwestern und zwei Brüder. Waren eine sehr glückliche und zufriedene Familie. Am Abend hat Vater den jüngeren Geschwistern allerlei lustige Geschichten und Märchen erzählt. Einige sind mir heute noch in Erinnerung. Mutter hat gesponnen oder gewebt.

Ich habe mit 16 Jahren Schneiderei gelernt und habe genäht. Ich wollte gern in die Stadt. Vater hat mich immer getröstet und gesagt, wenn beide Schwestern aus der Schule sind, kommst du in die Stadt. Ich weiß auch schon wohin, sagte er. Ich war sehr schlank und wog kaum 80 Pfund. Da sollte ich es in der Stadt leichter haben.

Wir waren so stolz auf unsere Eltern wie wohl selten sonst Kinder sind und waren von klein auf immer sehr traurig, wenn die Eltern unseretwegen sich mal ärgern mussten. Aber wir waren eben Kinder, wie es die meisten sind.

Vater ließ einen Gärtner kommen und hat einen schönen und großen Obstgarten angelegt. Ringsum eine Weißdornhecke. Als die ersten Pflaumen an den Bäumen hingen, hat Vater gesagt, er wird sie selber pflücken und uns geben. Denn wenn wir sie unreif abpflücken, gibt es im nächsten Jahr keine. Wir besahen sie uns jeden Tag und dachten, die müssten doch schon reif sein. Unsere Eltern fuhren dann in die Stadt. Es waren 18 km zu fahren. So verging der ganze Tag. Wir gingen wieder in den Garten und beschlossen, nur die eine oder andere zu versuchen, ob sie tatsächlich noch nicht reif sind. Aber die schmeckten so herrlich und wir vier Älteren gingen ans Pflücken. Aber als wir dann genug hatten, rührte sich unser Gewissen. Wir wussten ganz genau, was wir verbrochen hatten und dass es diesmal nicht ohne Strafe abgehen würde. Denn unser Vater war gut, aber auch streng und wir hatten ihn lieb über alles, aber zugleich fürchteten wir uns. Wir konnten kaum erwarten bis die Eltern heim kamen. Ich hatte es übernommen, alles zu beichten. Kaum kam der Wagen auf den Hof, da standen wir alle an der Haustreppe wie die Orgelpfeifen mit bedrückten Gesichtern. Ich lief zum Wagen, dem Weinen nahe. Die Eltern sind erschrocken und fragten gleich was passiert ist. Voller Angst beichtete ich nun. Aber wie erstaunt war ich, als ich sah, wie sie sich anschauten und Vater zu lächeln anfing. Er fragte, ob die denn so schlecht geschmeckt haben, weil wir solche Gesichter machen. Da kamen alle an und Vater sagte mit strengem Ton: Weil es Euch leid tut und ihr es uns gleich erzählt habt, gibt es keine Strafe. Wenn ich es aber erst morgen selbst gesehen hätte, hätte ich euch alle verprügelt. Wir sagten nun, dass wir noch welche für sie gelassen haben und alles war wieder in Ordnung. Ich glaube, diesmal hatten wir die Eltern noch lieber als sonst. Man kann strafen, muss aber wissen wann.

So manchem fremden Jungen hat es nichts ausgemacht, barfuß mitten in die Weißdornhecke zu springen, wenn sie beim Pflücken oder Schütteln von Obst von meinem Stiefbruder oder Vater gesehen wurden.

Besonders schön war es für die Kinder im Winter. Da wurden Schneeballschlachten auf dem See ausgetragen, Gefangene gemacht und ins Spritzenhaus eingesperrt. Manchmal mussten Eltern ihre Kinder nachts auslösen gehen. Aber manchmal konnte der See auch im Winter sehr gefährlich werden. Besonders nach dem großen Fischfang, wenn der Schnee die Löcher, wo die großen Netze eingelassen und dann rausgezogen wurden, verweht hatte und die Markierungen umgeworfen waren. Es sind viele Personen ertrunken.

Alles kann ich nicht schildern. Auch beim Nebel war es gefährlich. Unser Vater irrte einmal die ganze Nacht auf dem Eis und konnte nicht nach Hause finden bis die Mutter ihn mit der Laterne suchen ging. Er war schon so müde, dass er bald eingeschlafen wäre. Als er den nächsten Tag den Spuren nachging, sah er, dass er zweimal am Hof gewesen ist, denn ein Pferd hat ja den richtigen Instinkt. Aber bei Nacht und Nebel sieht alles anders aus.

In unserem Ort gab es keine Gastwirtschaft. Einmal im Sommer nach einem besonders arbeitsschweren Tag, hat Vater nach dem Abendbrot seine zwei Männer zum Bier oder Schnaps nach Pryzytullen (Seefrieden), das lag uns gegenüber dem See, gehörte aber zum Kreis Lyck, in die Wirtschaft eingeladen. Sie fuhren alle drei mit dem Boot. Sie hielten sich nicht lange auf. Aber es war schon dunkel als sie ins Boot stiegen. Als sie ein ganzes Stück vom Ufer weg waren, merkte Vater, dass mit dem Boot etwas nicht in Ordnung war. Er drehte sich um und sah, dass das andere Ende ganz tief im Wasser lag. Er konnte noch nichts sagen, da kippte das Boot um. Er wusste, dass keiner der beiden Männer schwimmen konnte. Der eine, B., fiel direkt auf den Vater und umklammerte ihn fest mit seinen Armen. Sie gingen auch beide gleich unter. Als sie wieder hoch kamen, geriet Vater nur zu sagen, lass mir wenigstens einen Arm los, dann gingen sie wieder unter. Der B. ließ dann Vaters Arme los und krallte sich an Vaters Schenkeln fest. Vater sagte, diese Stellen waren nicht nur Wochen, sondern Monate zu sehen. Nun ist Vater mit ihm ans Boot geschwommen. Das lag nun mit dem Kiel nach oben im Wasser. Vater setzte ihn oben drauf und gebot ihm, sich festzuhalten. Er musste nach dem Anderen schauen. Der hielt sich hinten am Boot fest. Vater gab ihm ein Stück von der Kette, damit er sich besser halten konnte. Bis er mit dem fertig war, plumpste der Andere vom Boot runter und verschwand. Vater half ihm wieder und setzte ihn wieder drauf, sagte ihm aber gleich, wenn er noch einmal runterfällt, dann sind sie alle Drei verloren oder Vater lässt sie im Stich. Nun schwamm Vater und zog das Boot mit den beiden Männern hinter sich. Der See ist an der Stelle, uns gegenüber am breitesten, ungefähr 800 m. Als sie nicht mehr weit vom Ufer waren, ließ Vater sie allein. Er wusste, jetzt kann nichts passieren. Er hatte genug. Aber die bettelten, er möge sie doch holen, solche Angst hatten sie. Als er sie dann endlich ans Land brachte, hätten sie ihn bald umgebracht vor lauter Dankbarkeit. Geweint, gelacht und geküsst haben sie ihn. Und das Ganze hat ihnen der Gastwirtssohn eingebrockt. Der war bekannt für solche Streiche. Er hat ein Loch ins Boot gemacht.

Über solche Begebenheiten auf dem Wasser und auf dem Eis könnte man ein ganzes Buch voll schreiben. Es wurde damals noch viel gesponnen und gewebt. Es wurde Flachs angebaut. Der wurde dann gedroschen. Die Leinsamen wurden verkauft und teilweise auch für Kälber verkocht. Das Flachsstroh wurde dann noch für ungefähr sechs Wochen draußen ausgebreitet, damit es mürbe wurde. Dann wurde es über einer extra dafür gebauten Grube getrocknet und gleich gebrochen. Dazu kamen mehrere Leute zusammen. Im Winter, wenn starker Frost war und man sonst auf dem Hof nicht viel machen konnte, wurde dann dieser gebrochene Flachs geschwungen und gehechelt (gekämmt). Die feinen Fasern wurden für Leinwand versponnen. Die gröberen für Sackleinwand. Wir Kinder mussten Wolle zupfen. Die wurde auch versponnen und dann gewebt. Die Wollstoffe wurden dann zum Färben und Walken fortgeschickt. Wer sich die Arbeit nicht machen wollte, hat die Wolle roh in die Fabrik geschickt und bekam den fertigen Wollstoff. Ebenso war es auch mit dem Flachs.

Um die Faschingszeit trafen sich junge Frauen und Mädchen jeden Abend bei einer anderen zum Spinnen. Erst wurde gesponnen, dann gegessen, gesungen und getanzt. Unsere Mutter hat es nicht mitgemacht. Aber unsere Mädchen. Deshalb kamen dann fast jedes Jahr am Faschingsdienstag die jungen Frauen am Nachmittag zu uns. Mutter hat Krapfen gebacken und es war sehr lustig. Fast immer verlangten sie, dass Vater gegen Abend eine Schlittenpartie mit ihnen machte. Das eine Mal hatte er keine Lust, weil es auf dem Eis sehr viel Schneematsch gab. Doch sie ließen keine Ruhe. Da ist Vater mit ihnen quer über den See zur Hauptstraße gefahren. Es war aber keine besondere Schlittenbahn und er kehrte um, ging mit ihnen in die Wirtschaft und bestellte ihnen Wein. Dann wollte er nach Hause. Doch sie wollten gerne noch eine Fahrt um die Insel machen. Das wurde Vater doch zu viel. Er fuhr mit ihnen einmal um die Insel, kippte sie in den Schneematsch und fuhr selbst nach Hause und schaute durchs Fenster wie sie in dem Matsch nach Hause marschierten. Seit dieser Zeit hatte er seine Ruhe.

Solange jeder Anlieger noch sein Fischrecht hatte, haben die Männer abends Netze geknüpft. So lebten wir alle glücklich und zufrieden. Meine dritte Schwester ging schon zum Konfirmandenunterricht und mein Stiefbruder hatte seine Militärzeit beendet. Es war eine gute Ernte gewesen. Wir mussten viel dreschen, um alles reinzubekommen.

Der erste Weltkrieg

Am 30. oder 31. Juli hörten wir von dem Mord in Sarajevo. Vater hatte gleich Bedenken und sprach darüber auch mit dem Knecht und meinem Bruder. Am 1. August haben wir wieder zu dreschen angefangen. Da kam vom Nachbargut ein Instmann auf den Hof geritten mit dem Ruf „Mobilmachung". Sofort wurde die Arbeit niedergelegt.

Mein Bruder Johann und sein Cousin Fritz mussten sich gleich am 2. August melden. Was sie sich gedacht haben, weiß ich nicht. Aber sie waren froh und sangen Soldatenlieder. Am zweiten gleich früh fuhr der Onkel Johann die Beiden in die Stadt. Wir weinten alle. Mein Bruder hat sich immer wieder umgeschaut. Mein Vater hat uns beruhigt. Er sagte, er hat es besser als wir, denn er geht mit dem ganzen Haufen, aber Gott weiß was uns erwartet. Es war so als wenn er sein Schicksal geahnt hätte. Ich musste meinem Bruder versprechen, dass ich ihm schreiben werde. Er hat eine Karte geschickt. Aber es war kein Absender drauf. Ich wartete bis ein Brief kam. Habe ihm auch dann gleich geschrieben. Aber es war doch zu spät.

Am 10. August war sein Cousin Fritz in einem kleinen Gefecht. Als er zurückkam, war mein Bruder sehr unruhig und hat immer wieder gesagt, warum ich ihm wohl nicht geschrieben habe. Der Fritz sagte, morgen bekommst bestimmt Post. Da sagte er, morgen wird es aber zu spät sein, ich fühle es. Und tatsächlich. Am 11. August 1914 als wir den ersten Kanonendonner hörten, ist mein Bruder verschwunden. Für immer. Einige Kameraden sagten, er wäre leicht verwundet gewesen. Meine Eltern sind dann gleich nach der Stadt gefahren, haben im Krankenhaus und überall wo Verwundete lagen gefragt, aber ihn nicht gefunden.

Herr Buchholz von Treuburg, der die Sanitätskolonne unter sich hatte, versicherte auch, dass er ihn nicht gesehen hatte. Wir mussten annehmen, dass er in Gefangenschaft kam. Doch auch das Rote Kreuz und unsere Bemühungen waren umsonst. Ich habe damals viel geweint, weil wir uns Beide gut verstanden haben. Den ganzen Sommer, auch als die Kämpfe um Tannenberg waren, haben wir keine Russen gesehen. Mein Onkel (Mutters Bruder) von Siebenbergen kam mit der Familie zu uns. Das Vieh hatten sie in die Weidegärten vom Gut Elisenhöhe getrieben. Auch Mutters Schwester aus dem Lycker Kreis kam mit den Enkeln zu uns. Dann hat sich alles beruhigt und alle sind nach Hause gefahren.

Am 10. September ist dann die erste russische Patrouille von 30 Mann durch unseren Ort geritten. Ich war hinter dem Hof und wollte zurück als ich sie sah. Da riss der eine sein Gewehr runter und schrie: „Po stoi". Ich blieb dann stehen. Sie tränkten ihre Pferde im See und ich schlich Schritt um Schritt zurück. Als sie mich nicht mehr sehen konnten, lief ich auf den Hof, fiel dem Vater im Holzstall vor die Füße und brachte keinen Ton heraus. Als ich ihm die Russen zeigen wollte, waren nur noch einige auf dem Berg am Friedhof zu sehen. Das war am Vormittag. Am Nachmittag kam eine Patrouille Ulanen. Vor Angst haben wir sie nicht gleich als Deutsche erkannt. Sie tränkten wieder die Pferde am See und lachten. Vater ging raus. Da fragten sie ihn, warum sich alle vor ihnen versteckten. Als Vater ihnen erzählte, dass eine russische Patrouille vor kurzer Zeit hier vorbei kam, da galoppierten sie davon und hatten bald die Russen entdeckt. Wir konnten dann über den See hinweg die Hetzjagd auf der Hauptstraße verfolgen. Bald hörten wir auch die Schießerei.

Ende September und Anfang Oktober als wir beim Kartoffelgraben waren, kamen öfters russische Patrouillen. Auf den Bergen bei Schwarzbergen sahen wir oft kleine Gefechte zwischen Russen und Deutschen. Dann haben wir lange Zeit keine Deutschen mehr gesehen. Auf einmal standen zwei deutsche Ulanen bei uns auf dem Feld. Als wir ihnen sagten, es sind schon überall Russen da, wollten sie zurück. Doch Vater ließ sie nicht zurück zur Straße. Er erklärte ihnen wo sie ungesehen durch die Wälder und an den Seen entlang entkommen könnten. Vater war froh als er erfuhr, dass sie durchkamen. Nur haben die Russen dem einen den Helm runtergeschossen.

Es sind viele geflüchtet. Ganze Scharen zogen nach Widminnen. Unser Pfarrer und noch mehr Prominente zogen über unser Feld nach dem Westen. Aus unserem Dorf ist niemand geflüchtet. Wahrscheinlich deshalb nicht, weil bis dahin nur Patrouillen durchkamen. Alle Russen blieben in Gonsken und zogen dann seitwärts weiter. Unser Vater hat uns immer wieder gesagt, wir sollten weg mit den anderen. Er sagte, mir werden sie nichts machen. Aber wir wollten die Eltern nicht verlassen. Es ging auch alles gut. Wir hörten jetzt dauernd die Schießerei. Die Granaten flogen über uns hinweg. Manche flog auch schon in den See. Es roch alles nach Pulver.

Vater hat zwei Kastenwagen im Wagenschauer bereitgestellt und wir mussten alle guten Kleider und was man sonst in aller Eile mitnehmen kann, in Kartons und Kisten packen und auf dem Speicher an der Luke aufstellen. Er meinte, wenn die Front näher kommt, müssen wir wenigstens in die Wälder flüchten. Dann wurde es ruhiger. Nur hin und wieder fiel noch ein Kanonenschuss. Wir wussten nicht was los war.

Am 6. November abends kam Mutters Bruder Matthes. Er wollte sehen, ob er die Großmutter zu uns bringen kann, weil bei uns doch noch alles ruhig war. Als meine Mutter ihn sah, rief sie gleich, oh, du kommst ja den Russen in die Hände. Da wollte er gleich kehrt machen und zurückgehen. Aber es war schon spät und da blieb er über Nacht. Ach, wäre er doch nur gegangen.

Mutter hatte Tags zuvor eine Gans gebraten. Jetzt brachte sie sie gleich zum Frühstück und sagte, esst euch satt. Wer weiß was kommt. Wir hatten alle kein gutes Gefühl. Ich nahm meines Bruders und meine Uhr und wollte sie in der Weißdornhecke verstecken. Als ich in den Garten kam, sah ich nur lauter Pelzmützen und Lanzen durchs Dorf zu uns kommen. Ich bin schnell zurück, habe die Sachen in die Hundebude geworfen und rief nur: Die Russen sind da!

Die Kavallerie ist dann ohne Aufenthalt weitergeritten. Onkel Matthes ist ins Heu geklettert und Vater ist in den Wald gegangen. Er wollte sehen, woher die kamen und wohin sie zogen. Um nicht aufzufallen, dass er sie beobachtet, hatte er die Schafe rausgelassen. Das tat er öfters, wenn der Boden gut gefroren war, damit sie den Roggen, der im Herbst etwas zu üppig gewachsen war, abfressen konnten. Er selbst ging in den Wald.

Vielleicht 1 km von uns weg war auch rechts von der Straße ein kleiner See, schwarzer See genannt, weil er sehr dunkel war. Er ist dort, als Vater noch ein kleiner Junge war, entstanden. Wahrscheinlich war da eine starke Strömung drunter. Wo früh morgens noch Wald war, war nachmittags ein See. Die Tiefe konnte gar nicht gemessen werden. Dort an dem See blieben die Russen stehen. Vater hörte ein starkes Schimpfen und Kommandos, die er aber nicht verstehen konnte. Dann fuhren die Wagen und die Artillerie und alles den schmalen Weg nach dem Wald zu. Vater hat sich gewundert, warum sie erst durch unser Dorf fuhren und dann den Wald zurück zu dem Weg nach Duttken (später Sargensee). Wir zu Hause haben uns auch gewundert. Wir waren ängstlich, weil wir die Russen in so einem Ausmaß das erste Mal erlebten. Doch wollten wir durch die Fenster sehen, was auf dem Hof vorging. Dort aber hat sich ein Bauer aus Gonsken und auch eine Frau von dort hingesetzt und ließen niemand ran. Sie sagten, die Russen werden sonst schießen. Mutter und auch ich sagten dann, aber sie sitzen hier die ganze Zeit und es schießt niemand. Die Frau sagte, die Russen hätten gesagt, sie sollen sich im letzten Gehöft so lange aufhalten, bis alle vorbeigezogen sind.

Dann verlangte ein Russe einen warmen Schal von der Mutter. Sie wollte ihm einen von Vaters Schals geben. Da fing der Bauer an auf Mutter zu schimpfen. Sie soll doch dem Soldaten ihren besten Schal geben und rief: „Bis jetzt habt ihr nichts vom Krieg gemerkt, aber jetzt werdet ihr ihn erleben." Nun wussten wir, dass da irgendwas nicht stimmt. Ich bin raus auf den Hof. Die beiden Wagen im Wagenschauer waren mit den Kisten und Kasten beladen, die auf dem Speicher standen und unsere Pferde angespannt. Ich fing an zu rufen. Aber es war zu spät. Deshalb ließen die uns nicht ans Fenster. Als ich auf den Speicher kam, war er leer. Ein Russe hielt noch Vaters Hose in der Hand. Die gab er mir zurück.

Was im Haus war, wurde auch rausgeholt. Dann wurde es ruhiger. Es waren fast keine Russen mehr da. Meine Mutter schickte eine Schwester und meinen Bruder Gustav den Vater holen. Der Mann und die Frau sagten, sie gehen jetzt nach Krzywen (Bergenau). Doch als meine Geschwister rausgingen, sahen sie, dass die zwei über unsere Wiese zurückgingen. Mutter hat auch ihren Bruder, der noch immer im Heu sich versteckt hielt, runtergerufen. Er sagte, ein Russe hätte ihn bald entdeckt als er Heu runtergeworfen hat.

Vater kam ganz erfroren nach Hause und hat sich immer noch gewundert, warum die Russen den Umweg über unser Dorf machten. Wir erzählten von den zwei aus Gonsken, die sich so komisch benommen haben und uns dann noch belogen und zurückgingen. Vater sagte gleich, die werden doch nicht extra die Russen hierher geführt haben. Vielleicht aus Neid, weil wir bisher verschont blieben. Und es war tatsächlich so. Nur schade, dass mir die Namen nicht einfallen. Als wir uns noch so unterhielten, kam die zweite Überraschung. Jetzt zogen die Russen nicht nur durch, sie blieben über Nacht da. Wir hatten außer Frühstück nichts gegessen. Mutter hat uns etwas zurechtgemacht und wir haben unter militärischer Bewachung etwas gegessen. Vater sagte, sie hätten ihm alle Taschen durchsucht und ihn dann laufen lassen. Wäre nur auch der Onkel im Zimmer geblieben. Aber er blieb im Stall. Hat sich auf den Häckselkasten hingesetzt. Jemand hat die Tür von draußen zugemacht. Unglücklicherweise hat Mutter noch etwas Essen dem Vater für ihn gegeben. Vielleicht sah es einer. Bevor Vater in den Stall kam, hatten die Russen den Onkel im Stall gesehen.

Vater wird von den Russen verschleppt

Mehrere Wochen vorher hat Vater selbst dem Johann seine Militärmütze genommen und wollte sie verbrennen oder so verwahren, dass sie niemand findet. Er sagte noch, denn wenn die Russen kommen sollten, würde sie uns zum Verhängnis werden. Und sie wurde es.

Wo sie versteckt war, weiß ich nicht. Doch die Russen hatten sie gefunden und setzten sie dem Onkel auf den Kopf. Die fiel ihm gleich bis über die Ohren. Aber es half alles nichts. Die hielten Onkel für einen deutschen Soldaten und nahmen Onkel und Vater mit. Ich kam gerade aus dem Haus und sah es. Nun wollte ich natürlich mit. Ein Russe gab mir mit dem Gewehr zu verstehen, ich solle sofort dem Onkel etwas zum Anziehen holen, weil er nur Unterjacke an hatte. Ich konnte aber nichts mehr finden als einen Damenmantel. Habe in aller Eile Mutter erzählt was los war und Mutter sagte, bleib bei den Kindern, ich gehe selbst. Die waren schon alle auf der Straße. Vater sagte, er soll nur zum Kommandanten als Zeuge. Mutter wollte mitgehen. Da riss einer sein Gewehr runter und rief ihr zu, er schießt, wenn sie nicht zurückgeht. Mutter kam zurück. Wir weinten sehr. Überall war voll von Russen. Ställe, Hof und Haus. Auf dem Hof und am Insthaus haben sie Schweine gesengt. Damals hatten wir zwei Gebäude noch unter Strohdach. Die Funken sprangen auf die Dächer. Uns war alles gleich. Wir hatten auch keine Angst mehr, nur die Sorge um den Vater. Es waren auch gute Russen drunter. Der eine sagte oder gab uns viel mehr durch Zeichen zu verstehen, dass wir mit den kleinen Geschwistern zum Offizier gehen und bitten sollten. Aber wir konnten nicht verstehen wo der Offizier war. Es war schrecklich. Der eine hat dann ein Zimmer für uns freigemacht. Da durfte keiner rein. Einer kam und wollte das Bild von meinem damals schon vermissten Bruder in Uniform kaputt machen. Da kam ein anderer, wahrscheinlich sein Vorgesetzter, riss aus dem Stiefel eine Reitpeitsche und hat ihn rausgeprügelt.

Endlich wurde es Tag. Die Russen zogen die Straße zurück, die sie gekommen waren. Sie wurden nur zur Nacht geschickt. Es wurde ihnen gesagt, da können sie gut leben. Da waren bis jetzt noch keine Soldaten. Jetzt erst hörten wir was passiert war und weshalb die Männer mitgenommen wurden. Jeder nahm an, unser Ort bleibt wieder verschont, weil er weiter von der Hauptstraße entfernt lag. So kamen aus Gonsken einige Männer und Jugendliche von 16 und 17 Jahren. Als sie sahen, das die Russen kommen, haben sie sich beim ersten Bauer gleich versteckt, auf dem Boden im Haus. Als die Russen sie so auf einem Haufen fanden, sagten sie, sie wollten einen Anschlag auf sie machen. Die Russen haben dann fast alle Männer aus dem Dorf mitgenommen. Hätten sie bei uns den Onkel nicht gefunden, wäre Vater geblieben.

Am dritten Tag wurden sie durch Gonsken geführt. Zwei Frauen gaben ihren Männern noch saubere Wäsche mit. Einer hat sein sauberes Hemd angezogen und sagte zum Vater: Entweder ist es jetzt ein Totenhemd oder ich komme nach Hause. Er hat auch Vater zugeredet, zu flüchten. Aber Vater meinte, die Russen nehmen alle Männer fest, die sich frei bewegen. Und weil er öfters husten musste, konnte er sich schlecht verstecken. So meinte er, ach wir sind alle jetzt zusammen, wollen tragen was Gott uns auferlegt hat. Der Andere ist entkommen und kam nach Hause. Für uns war es ein Trost, dass sie alle beisammen waren.

Doch es kam anders. Als sie aus einem Zug in den anderen wechseln sollten, wurde Vaters Name zuerst gerufen. Er hat es überhört und die neben ihm auch. So sind die anderen zusammen geblieben und unser Vater war allein von ihnen getrennt. An seinem Bestimmungsort fand er aber noch einen aus unserem Kirchspiel, aus Babken. Er hieß L. Der erzählte uns, dass Vater so mit Sehnsucht gewartet hat, um schreiben zu dürfen. Er sah uns zwischen so vielen Russen wie in einem Ameisenhaufen ohne jeglichen Schutz, nur Mutter mit uns Mädels, die Brüder waren noch klein. Doch bis er schreiben durfte, starb er an Unterleibstyphus. Der Andere hat ihn begraben. Hat einen Holzrahmen und ein Kreuz gemacht und hat uns die Skizze vom Grab und den Totenschein gebracht. Er lebte dort genau ein Jahr.

Am 7. 11. 1914 wurde er verschleppt und am 10. 11. 1915 starb er. Wir wussten die ganze Zeit bis der von Babken nach Hause kam, nichts vom Vater. Es war eine schwere Zeit für Mutter und uns alle.

Ich habe damals gezweifelt, ob es einen Gott im Himmel gibt, der sich unser Vater nennt, weil gerade wir, die wir Vater alle so gern hatten, nichts, aber auch gar nichts von ihm hörten als die Anderen alle schon geschrieben haben.

So schlimm wie damals der 7. November war es nicht mehr. In den nächsten Tagen wurden die restlichen Mastschweine aus dem Stall geholt und geschlachtet. Die Zuchtstuten, zwei schöne Fuchsstuten, haben zwei Offiziere als Reitpferde genommen. Die kamen öfters am Hof vorbei. Jedes Mal wieherten die Pferde laut und wollten auf den Hof. Wir mussten das mit ansehen.

Das Vieh blieb noch eine Zeit. Doch dann kamen Räuber. Es wurde uns gesagt, auf jedem Hof muss eine Kuh bleiben. Wir hatten nur noch eine. Die hatte vor ein paar Tagen gekalbt und meine Schwester Anna hat sie gepflegt und auch gemolken. An einem Tag als es ganz neblig war, kamen zwei dieser Räuber und holten sie. Meine Schwester ging vors Tor und hat sie gerufen. Da wollte sie zurück. Die konnten sie nicht halten und wurden ärgerlich. Einer wollte nach meiner Schwester schießen. Mutter hat sie mit Gewalt in den Hof gezogen.

Dann kamen Polen in Zivil mit Fuhrwerken und holten sich Heu und was sie brauchten. Die Ferkel haben sie im Stall erschossen. Von den Mutterschafen fanden sich noch drei. Unser Insthaus stand leer. Da haben wir die drei Schafe dort in dem Keller versteckt. Mehrmals haben Räuber dort übernachtet. Aber die Schafe waren so ruhig, dass sie keiner bemerken konnte.

Ein kleines Schwein hat Mutter geschlachtet. Als wir es gerade bebrüht hatten, kamen 2 Russen. Es waren Offiziere, die Nachschub holen wollten. Die waren sehr müde und wollten nur schlafen. Als sie mit dem Nachschub nach einigen Tagen zurückzogen, kamen sie und wollten von dem damals geschlachteten Schwein was haben. Mutter wollte nicht in den Keller gehen und sagte, es wären schon andere da gewesen und haben ihr nur etwas gelassen. Sie hatte immer etwas in der Küche. Sie zeigte ihnen auch die blutigen Spuren über den Hof, die zum See führten und meinte, dieselben hätten auch das Fleisch geholt. So zeigte der eine wieviel sie abschneiden soll und sie soll das andere gut verstecken. Die anderen wollten noch alles durchsuchen. Aber die zwei haben es nicht zugelassen.

Die 7-Zentner-Sau

Es gab in unserer Nähe keine Gefechte. Aber es waren in allen größeren Orten Soldaten. Wir hatten noch eine ziemlich große Sau. Rundrum haben sich die Russen erzählt von dieser Sau. Vater ließ sie schneiden und sie wurde gemästet. Aber sie konnte schon als Muttersau keinen Mann leiden. Sobald nur einer den Stall aufmachte, da stand sie hoch und machte den Rachen auf. Warum die Russen sie nicht erschossen, weiß ich nicht. Vielleicht durften sie nicht mehr schießen. Jeden Morgen hörten wir einen Kanonenschuss. Rundrum antworteten andere Kanonen. Sonst war es ruhig. Auf dem See haben uns gegenüber die Russen ihre Übungen gemacht, aber ohne schießen.

Jeder sagte uns, wir sollen die Sau schlachten, sonst holen sie doch noch die Russen. Aber wer sollte sie schlachten. Es waren im Dorf nur zwei Männer übriggeblieben. Der kleine Ch. und P. Der war ängstlicher als eine Frau. Einen Tag kamen die Beiden und noch paar Frauen und wir sollten die Sau schlachten.

Der Ch. setzte sich der Sau auf den Rücken, nahm eine Axt und hieb ihr dauernd auf den Kopf. Mehrere Kinder wurden um den Hof als Posten aufgestellt. Endlich fiel die Sau um und der Andere hat sie gestochen, aus Angst auch noch verkehrt. Mutter wollte zu Hilfe gehen, da hieß es plötzlich, die Russen kommen. Und sie kamen tatsächlich. Sie haben alle Ställe durchgeschaut. Wir schwitzten alle vor Angst. Aber gerade in den Stall, wo so viele Leute rauskamen, gingen sie nicht rein. Und die Sau verhielt sich ruhig. Als sie weg waren und wir wieder in den Stall kamen, war die Sau verblutet und tot. Aber was jetzt? Sie wog sieben Zentner. Tragen konnte man sie nicht. Also wurden ihr an die Beine Stricke gebunden und sie wurde über den Hof ins Haus geschleppt. Einige passten wieder auf. Die restlichen haben gleich die Blutspuren getilgt. Endlich war sie im Flur.

Jetzt wurden die Fenster fest verhängt. Der Brühtrog war viel zu klein. Aber viele Hände schafften es. Und meistens sind Frauen in der Not erfinderisch. Fast hatten wir sie zur Hälfte fertig, hörten wir ein Geschrei von Russen auf dem Hof. Wir schnell Licht ausgemacht und uns mäuschenstill verhalten. Die schleppten vom Pogoda ein Rind abgeschlachtet über unseren Hof zum See. Wenn sie reingekommen wären, hätten sie die Sau mit auf den Schlitten geladen.

Nun ging es weiter an die Arbeit. Endlich war es geschafft. Nun schnell das Fleisch auskühlen. Aber woher jetzt so viel Salz nehmen. Wir hatten den Sack mit Salz in der Spreu versteckt. Aber auch dort haben die Russen es gefunden. Nun hatte der Ch. aber auch schon vorgesorgt. Es kamen polnische Händler mit allem Möglichen nach Gonsken. Sie brachten auch Salz, aber das waren große Brocken, ganze Steine.

Jetzt gingen die einen in unseren Torfstall und haben ein großes Loch freigemacht. Die Anderen haben die Salzsteine geklopft. Unser großes Waschfass war längst schon sauber ausgebrüht. Die einen haben das Schwein geteilt und draußen zum Auskühlen gelegt. Es war Frost, da ging es schnell. Mutter hat das Fleisch in das Fass eingesalzen. Dann wurde das Fass verbunden und wieder mit Torf bedeckt. So stand es bis zum Frühjahr. Den Rest hatten die Frauen unter sich verteilt. Wir wollten nichts davon im Haus haben. Bis zum Morgen waren alle Spuren verschwunden.

Nächsten Tag rief eine Nachbarin uns zu, dass da vier Männer mit Stricken kommen, wahrscheinlich die Sau holen und lacht. Und tatsächlich kamen sie und gingen gleich in den Stall. Mutter ging raus und sie fragten sie nach dem Schwein. Mutter zeigte die Blutspur aus dem Stall und dann die über den Hof zum See wo in der Nacht das Rind geschleppt wurde.

Drei Monate waren wir unter der russischen Besatzung. Wir haben uns dann an sie gewöhnt und wurden manchmal auch frech. Wir hatten ja nichts mehr. Wenn sie dann noch eine Truhe oder Korb aufgemacht haben, fragten wir, was sie dort suchen. Meistens suchten sie Soldaten.

Da fragten wir, ob russische oder deutsche. Da wurden wir frech und meinten, deutsche Soldaten sind groß und passen da nicht rein, nur russische. Aber sonst haben sie uns nicht belästigt. Haben oft Familienbilder gezeigt und uns sogar erzählt, wer sie zu uns geschickt hat und ihnen gesagt hat, dass wir nur Frauen sind. Schlechte Menschen, sagten sie. Haben Tee gebracht, den wir ihnen kochten. Nur hin und wieder war einer darunter, den die Anderen aber zurechtwiesen.

Nur einen Abend kamen sieben Russen von Seefrieden rüber übers Eis. Wir mussten Tee kochen. Dann durften wir nicht aus dem Haus. Mutter sagte: Kinder betet. Denn wenn heute kein Wunder geschieht, sind wir verloren. Mutter war damals auch noch kaum 50 und sah gut aus. Wir sahen ihren Mienen an, was sie vor hatten. Und in solchen Momenten betet man mit dem Herzen, nicht mit den Lippen. Sie hatten ihren Tee noch nicht ausgetrunken, da kam einer aus Seefrieden gelaufen und schrie gleich: „Sudä" oder so ähnlich. Waren wir froh und Gott dankbar.

Am nächsten Tag sahen wir den ganzen Vormittag auf dem Aussichtsturm bei Schwarzbergen einen Mann sitzen. Gegen Mittag verschwand er. Über den See von Seefrieden hörten wir keine russischen Laute mehr wie sonst. Und auch sonst war kein Russe mehr zu sehen. Doch kurz nach Mittag sahen wir einen auf unseren Hof zukommen. Er kam in die Küche, setzte sich hin und fing an, sein Fernglas zu putzen. Nun wussten wir, dass das der vom Aussichtsturm war. Wir ließen die Mutter allein in der Küche und gingen ins Wohnzimmer. Ließen die Tür ein wenig offen, damit wir hören konnten, wenn er was erzählt. Denn wir waren alle neugierig. Der ferne Kanonendonner, den wir fast alle Tage hörten, war auch verstummt. Dann sagte er zur Mutter, sie soll sich freuen, er habe vom Turm aus gesehen, dass die deutschen Soldaten schon in Schwentainen auf der Brücke waren. Aber er hat den Befehl bekommen, alle Höfe, wo die Bewohner geflüchtet sind, anzuzünden und zu verbrennen. Besonders die Scheunen. Er sollte auch alle Chausseebrücken sprengen. Als wir das hörten, waren wir ganz entsetzt. Mein Bruder Gustav, damals 14 Jahre alt, sagte zu uns, was können wir mit dem Kerl machen. Wir können ihn doch nicht laufen lassen. Ach, wenn ich doch eine Waffe hätte, hier könnte ich so gut zielen. Aber wir mussten ihn laufen lassen und waren froh, dass unser Hof stehen blieb. Nun warteten wir was kommen wird. Und dann gegen Abend und auch nachts sahen wir in östlicher Richtung Feuerschein aufsteigen. Immer mehr und mehr. Nun wussten wir, dass die Russen auf dem Rückmarsch sind. Wir saßen alle beisammen und schauten in die vom Feuerschein erhellte Nacht. Dann gingen wir endlich schlafen und hofften, am nächsten Tag deutsche Soldaten zu sehen. Aber kaum haben wir uns hingelegt, da schreckte uns ein furchtbarer Donner auf. Im Augenblick meinten wir, es wäre bei uns auf dem Hof. Doch es war die Brücke auf der Hauptstraße Lyck - Treuburg in Herzogskirchen. Wir hörten überall Rufe. Keiner wusste was los war. An Schlaf dachte keiner mehr.

Am nächsten Tag war alles ruhig und still. Keine Russen und auch keine deutschen Soldaten. Die Hauptstraße war leer. Die Deutschen waren den Russen voraus und haben viele Gefangene gemacht.

Das Ende der russischen Besatzung

Das war bei uns das Ende der Russenherrschaft. Uns blieben die drei Schafe, die wir versteckt hielten. Die hatten nun Lämmer. Sie wurden mit Weizen und gutem Futter versorgt, so gaben sie nicht nur Milch für ihre Lämmer, sondern wir haben sie auch gemolken. So hatten wir Milch zum Kaffee, den wir uns aus Getreide gebrannt haben. Zweimal während der Besatzung sind meine Schwester Anna und ich mit dem Ch. nach Seefrieden gegangen, um die Kühe zu melken, die die Russen zusammengetrieben haben. Wir haben jede einen Eimer voll gebracht. Aber es war ein zu großes Risiko. Mutter ließ uns nicht mehr. Dann hatten wir die Schafmilch. Die war so fett wie Sahne. Außerdem blieben uns noch zwei Fohlen. Ein Stutfohlen aus eigener Zucht und ein Hengstfohlen. Die blieben deshalb, weil sie krank waren. Sie bekamen, ich glaube, man nannte die Krankheit „Druse". Es lief ihnen Eiter aus der Nase und auch am Hals waren einige eitrige Stellen. Mutter hat ihnen dann absichtlich mit dem Eiter die ganzen Köpfe beschmiert, so dass sie ganz unansehnlich waren. So wurden sie auch von den polnischen Räubern gelassen. Jetzt haben wir sie sauber geputzt und bald haben sie sich schön erholt.

Langsam kamen auch die Flüchtlinge wieder zurück. In der Stadt waren alle Geschäfte ausgeplündert. Es sah furchtbar aus. Von Esswaren war nichts geblieben. Nur Zichorierollen lagen überall herum, sogar auf dem Marktplatz. Unsere Verwandten und Bekannten kehrten auch zurück und wir waren froh und sie glücklich, dass wir sie am Anfang mit Fett und Fleisch versorgen konnten. Das Fleisch in dem Torf hielt sich wie in einer Gefriertruhe. Den Rest konnten wir jetzt in die Räucherkammer hängen. So dicken Speck hatten wir bis dahin nie gehabt. Aber den brauchten wir auch bis wir uns wieder was anschaffen konnten.

Weiter gegen Frühjahr kam auch Vieh und Pferde nach Treuburg. Man konnte sich was kaufen. Aber es war nicht so einfach, nach Treuburg hinzukommen. Es gab keine Autos und es ging auch kein Bus. Zum Zug nach Kiöwen waren von uns aus über 11 km. Nach Treuburg waren es 18 km. Direkt von uns waren es vielleicht sogar 20 km.

Da man im Winter mit dem Schlitten quer über den See zur Hauptstraße oder am See entlang nach Herzogskirchen zur Hauptstraße fuhr und im Sommer wir noch einen 6 km langen unausgebauten Weg hatten und deshalb mit dem Rad schlecht zu fahren war, hatten nur einige Männer Fahrräder gehabt. Und wenn sie nicht ganz gut irgendwo außerhalb versteckt waren, wurden sie während der Besatzungszeit auch gestohlen.

Meine Mutter und wir drei älteren Schwestern verstanden mit Pferden umzugehen und zu kutschieren, aber konnten nicht Rad fahren.

Bayerische Soldaten in Treuburg auf dem Markt

Also musste man jetzt den weiten Weg bis zur Stadt und zurück zu Fuß gehen. Mutter ging das erste Mal allein, um eine Kuh zu kaufen. Bis sie hin kam, war schon alles verkauft. Ist ganz umsonst gewesen.

Sie ging über den Markt, da waren bayerische Landsturmmänner um ihre Feldküche versammelt und haben Mittag gegessen. Sie sagte, die meisten hatten Bärte, alles Ältere. Die riefen Mutter zu sich und wollten vieles wissen über die Russen und auch sonst. Mutter fragte sie, ob sie keine Deutschen sind, weil sie sie nicht verstehen konnte. Nun sagten sie, dass sie Bayern sind. Sie waren freundlich und luden Mutter zum Mittagessen ein. Es gab Gries mit Rindfleisch. Nun war sie gestärkt und konnte den Heimweg antreten. Zu kaufen gab es noch nichts. Davon hat sie noch oft erzählt, wie sie alle Deutsche waren und sich trotzdem mehr durch Zeichen als Sprache verständigen konnten. Wenn sie geahnt hätte, dass wir einmal bei diesen Bayern unsere zweite Heimat finden würden.

Die Zeit nach der russischen Besatzung

Wenn sie wieder mal ging, nahm sie den Gustav mit. Als erstes brachten sie eine polnische, rotbunte Kuh. Die wollte keine Milch geben. Nur wenn man sie die ganze Zeit streichelte und ihr was gutes zu fressen gab, dann gab sie Milch. Sie brüllte dauernd. Sie musste wohl aus einer größeren Herde stammen. Später durfte sie nur meine Schwester Anna melken. Wenn die mal nicht zu Hause war, bekamen wir den ganzen Tag keine Milch.

Später hat dann Mutter noch zwei Pferde gekauft. Eins von denen war trächtig. Das wussten wir gar nicht. Es war eine braune, schwere Kaltblutstute und brachte ein ganz schwarzes Fohlen, sehr gesund und sehr flink. Als dann Mutters Bruder für sich schon das Nötigste besorgt hatte, hat er auch für uns mehr Vieh gekauft. Trächtige Stärken (Färsen) und eine hübsche pommersche Kuh. Die brachte aber die Maul und Klauenseuche mit. Das übrige Vieh hat sich angesteckt. Aber am schlimmsten war die Kuh krank. Wir schleppten sie in den Obstgarten. Da lag sie, alle Viere von sich gestreckt, vor Mutters Schlafzimmerfenster. Mutter stand oft nachts auf, um zu sehen, ob sie noch lebt. Wir steckten ganz dünne Scheiben von Rüben den kranken Tieren ganz tief in die Mäuler, damit sie schlucken konnten. Der Schaum lief in Flocken runter. Die Klauen haben wir mit Seifenwasser gewaschen. Wir haben alle gut durchgebracht. Auch sogar die Kuh im Garten, die wir fast aufgegeben haben. Alles ohne Tierarzt. Sonst wäre die ganze Ortschaft gesperrt worden.

Es wurde Frühjahr und es wartete die Frühjahrsbestellung. Weder Mutter noch sonst jemand von uns hat sich früher darum gekümmert. Jetzt hat Mutter alles angeordnet. Ch. half uns. Der P. auch. Aber der war faul und hat alle schwere Arbeit uns Mädels überlassen. Er war es auch, der die Russen im Winter immer zu uns geschickt hat. Deshalb wollten wir ihn nicht zur Arbeit haben. Viel lieber seine Frau. Die war sehr fleißig. Deren Sohn war erst 15 Jahre alt, aber sehr kräftig und stark. Der hat mehr geleistet als der Vater.

Wer im Frühjahr alles zeitig bestellt hat, bekam eine Prämie. Die Frauen, deren Männer fort waren, haben es geschafft. Nur der K. als einziger Bauer und die Güter T. und D. haben es nicht geschafft. Aber wie enttäuscht waren wir Frauen, als diese dann als Entschädigung pro Morgen mehr bekamen, als die, die bestellt hatten.

Das Abernten ging dann ganz gut. Mein Bruder Gustav und wir Mädels haben dann eingefahren. Ich habe das Fuderladen gelernt und habe es gerne gemacht. Jedoch hatte ich gleich 1914 dem Vater beim Kartoffelauf- und -abladen geholfen und weil ich schwach gebaut war, habe ich mich übernommen und war zeitweise krank. Aber nur meistens im Winter. Im Sommer ging es dann wieder.

Mutter wollte erst keine Gefangenen haben. Aber später blieb uns nichts anderes übrig. Die zwei ersten waren ein Deutschrusse und ein Mongole. Der Mongole war sehr jähzornig. Wir hatten erst Angst vor ihm. Den haben wir bald eingetauscht. Der Deutschrusse war wie ein Detektiv. Der kam in seinen Holzklumpen, Gänserümpfe genannt, abends an die Türen und hat gehorcht ohne dass wir ihn hörten. Dann wurde uns erzählt, dass er seinem Kameraden, der auch Deutschrusse war, gesagt hat, er wird uns bestehlen und flüchten. Auf der Kommandantur damals war ein guter Bekannter von unserem Vater. Der sagte zur Mutter, er wird ihr solange die Gefangenen austauschen, bis sie die Richtigen hat. Und so war es auch. Wir hatten zwei gute Arbeiter bekommen. Wir durften aber keine von den hiesigen Arbeitern mehr beschäftigen. Die Gefangenen sagten, die halten sie von der Arbeit ab und schimpfen, wenn sie fleißig sind. Die waren so froh, dass sie genug zu essen bekamen. Erst sollten die Gefangenen vom Staat die Verpflegung bekommen.

Die größeren Bauern waren meistens Wachmänner über die Gefangenen. Die hatten 10 bis 15 Gefangene genommen. Denn am Anfang bekamen sie viel Lebensmittel für sie. Wir bekamen zweimal etwas Wurst. Die war aber verdorben. Der Wachmann sagte, die muss auch verbraucht werden. Aber wir haben sie vergraben und wollten keine mehr. Das hat Herr T., der Wachmann, uns übel genommen. Er kam meistens während der Essenszeit, um zu sehen, was wir den Gefangenen geben. Aber wir brauchten uns nicht zu fürchten, denn die wussten ganz genau was sie nicht bekommen durften. Sobald unser Hofhund anschlug, war außer Brot und Suppe oder Kaffee alles andere vom Tisch verschwunden. Wir haben uns gewundert und oft auch gestaunt. Aber es wurde immer knapper. Das Getreide wurde ausgewogen und alles übrige musste man abliefern.

Wenn wir auch nur Frauen waren, aber wir wussten uns zu helfen. Wenn wir Nachricht bekamen, dass die Kommission im Dorf ist, war ein Ztr. Mehl oder Getreide nicht zu schwer. Manches haben auch die Mäuse gefressen.

Aber im Sommer brauchten wir zusätzliche Arbeiter. Die sollten ja mit verpflegt werden. Aber von was sollten die leben. Die brachten auch noch ihre Kinder mit. Für Fleisch hat unsere Mutter gesorgt. Es wurde immer ein Schaf oder Schwein mehr gefüttert als man abliefern sollte. Sie hat auch selbst geschlachtet. Aber dann durften die Mühlen nicht mehr mahlen als pro Person erlaubt war. Und wer eine eigene Schrotmühle hatte, musste unter Polizeiaufsicht mahlen. Sonst war sie versiegelt.

Wo der Bauer selbst zu Hause war, konnte man sich schon helfen. Wir hatten damals noch keine eigene Schrotmühle. Nun hatten wir zwar Getreide versteckt, aber außer in der Kaffeemühle konnten wir nicht mahlen.

Dem Ch. seine Kinder waren jetzt fast alle auf dem Hof und er wusste wieder Rat. Er hat irgendwo einen Quirl aufgetrieben. Wir hatten vorher nie so ein Ding gesehen. Nun zeigte er uns wie der geht. Die

Steine waren ziemlich groß. Niemand durfte uns dabei sehen. Es war strafbar. Die Polizei fand ihn und hat ihn uns versiegelt. Das musste sie. Aber sie hat so versiegelt, dass wir uns helfen konnten. Die waren auch froh, wenn sie mal eine Mahlzeit bekommen haben und sie wussten, dass meine Mutter niemals „nein" sagen konnte auch wenn sie selber noch so wenig hatte.

Jetzt haben wir Mädels jeden Abend, wenn die Gefangenen schon in ihrer Kammer waren, Roggen oder auch Weizen gemahlen. Erst ging es schwer. Aber dann kamen wir in Übung. Eines Abends kamen plötzlich unsere Gefangenen und haben uns im Wagenschauer beim Mahlen angetroffen. Sie sagten, sie hören schon einige Abende die Geräusche und wollten sehen, was es ist. Jetzt schimpften sie, warum wir sie nicht gerufen haben. Wir mussten ihnen sagen, dass das verboten ist. Wenn der Wachmann das erfährt, müssen sie ins Lager. Die lachten und schoben uns weg. Jetzt hatten wir keine Not. Tagsüber war unsere Mühle versiegelt und abends wurde gemahlen. Die Polizei hat öfters vergeblich kontrolliert.

Im ersten Weltkrieg war es in den Städten und auch beim Militär schlimm mit der Verpflegung. Besonders in den großen Industriestädten. Außer getrockneten Kohlrüben gab es fast nichts zu essen. Die Kinder wurden aufs Land geschickt. Wir hatten auch öfters Schuljungen bekommen. Als der Eine kam, hatten wir gerade Brot aus dem Backofen rausgenommen. Er kam in die Küche und fing sofort an zu weinen, lief ins Wohnzimmer und schluchzte zum Gotterbarmen. Wir wussten nicht, was mit ihm los war. Mutter setzte sich zu ihm und fragte ihn, ob er Heimweh habe und zurück nach Hause wolle. Er schüttelte nur den Kopf und weinte weiter. Nach einer ganzen Zeit sagte er, ach wenn meine Mutter das Brot sehen könnte. Sie wird vor Hunger sterben. Wir schickten ihr hin und wieder etwas. Nach der Ernte wollte er Gänse hüten und hat dabei Erbsenschoten gesammelt und hatte schon fast halben Eimer Erbsen. Dann kamen die Gänse und haben den Eimer umgeworfen und die Erbsen aufgefressen. Da hat er geweint und kam nach Hause. Wir gaben ihm Erbsen und Mehl und Fett und schickten es wieder ab. Als er dann nach Hause fahren sollte, ließ er keinen Ärmel und keine Hosentasche leer. Alles wurde vollgestopft. Aber seine Mutter starb doch bald darauf.

Es war schlimm, was die Leute damals alles essen mussten. Es war immer noch kein Ende des Krieges abzusehen. Die verschleppten Männer schrieben alle aus Russland. Nur unser Vater nicht. Wir hatten nur noch eine schwache Hoffnung auf seine Wiederkehr. Meine Mutter setzte alle ihre Hoffnung auf den Gustav, unseren Bruder. Er war jetzt schon 17 Jahre alt geworden, war groß und schlank und freundlich. Er hat so langsam die ganze Leitung des Hofes übernommen. Natürlich mit unser aller Hilfe. Er hat schnell russisch gelernt. Die Gefangenen haben gern mit ihm gearbeitet. Sie haben immer wieder geklagt, dass ihre Kleider kaputt sind und der Wachmann denen in Großheinrichstal schon zum zweiten Mal Kleider verteilt hat und sie noch immer keine, nicht mal Flicker zum Flicken bekommen haben und wir waren so ausgeplündert, dass wir nichts, aber auch gar nichts an Männerkleidung hatten. Und zu kaufen gab es nur auf Bezugschein, aber nicht für Gefangene.

Vor Ostern, am Gründonnerstag, kam der Wachmann und schimpfte auf den einen Gefangenen, dass er seine Hose nicht geflickt hat. Der Gefangene sagte nur, er gebe ihm keine Flicker, da kann er nicht flicken. Daraufhin zieht der Wachmann seinen Säbel und verletzt ihn am Arm. Der Gefangene greift dann in die blanke Klinge und jetzt haben die beiden gerungen. Der Wachmann schreit, ob wir ein Gewehr haben. Da fürchteten wir, dass wir bald Blut sehen würden. Ich ging dann raus und sagte: Herr T. streiten sie mit ihm auf dem Hof, aber nicht hier im Haus, meine Mutter ist ohnmächtig geworden. Da ließ er von dem Russen ab und fragte warum denn. Ich sagte, weil sie nach dem Gewehr schreien. Sie wissen doch, dass man keine Waffen haben darf. Aber sie als Wachmann dürfen nie ohne ein Gewehr kontrollieren. Da erschrak er und wollte zur Mutter, was ich nicht zu ließ. Der Gefangene ist auf das Eis geflüchtet. Der Wachmann hatte Angst, aufs Eis zu gehen und ging ins Dorf. Der Russe kam und ließ sich den Arm verbinden. Er wollte gleich in die Stadt und sich beschweren, dass ihn der Wachmann ohne Grund umbringen wollte. Aber da kam der T. zurück und wollte wieder gegen ihn losgehen. Der schrie er soll ihn in Ruhe lassen und mit ihm in die Stadt gehen. Wir hatten Angst, dass der T. sein Gewehr holt und ihn unterwegs erschießt und deshalb gaben wir ihm zu verstehen, dass er selbst schuld ist. Er kann die Hosen doch nicht flicken mit Papier. So musste der Russe Ostern im Gefängnis bleiben. Aber der Wachmann kam jetzt jeden Tag und fragte nach der Mutter. Als ich ihm sagte, sie muss zum Arzt, da bat er, davon abzusehen und gab allerlei Ratschläge. Mutter hat sich die ganze Woche nicht gezeigt. Wenn Mutter ihn angezeigt hätte, hätte er bestimmt seinen Posten verloren.

Dann hat er einen Gefangenen in Sargensee bei seinem Bruder geschlagen wo er nichts zu sagen hatte. Der dortige Wachmann ließ sich das nicht gefallen und meldete es seinem Vorgesetzten. Die kamen dann gleich die Nacht darauf und haben die Listen kontrolliert. Der Wachmann sollte jeden Tag die Gefangenen kontrollieren und sie in die Liste eintragen lassen. Er kam aber in der Woche einmal und hat nachgetragen und auch die nächsten drei Tage schon eingetragen. So wurden die Listen alle mitgenommen. Wir wünschten alle, der G. möchte als Wachmann kommen. Der hatte sechs Kinder und war schon mehrmals verwundet. Und der T. war noch Junggeselle. Aber der konnte gut schmieren und so wurde alles vertuscht. Aber den Russen wollte er uns mit Gewalt wegnehmen. Doch der Unteroffizier, der K., stand uns bei.

Die spanische Grippe

Dann kam 1918 gegen Herbst die schwere Grippewelle. Es kam über Nacht. Ich schlief allein oben. In der Früh wachte ich mit Fieber auf und wartete, dass jemand kommen sollte. Aber es kam niemand. Ich hörte ein Klopfen an die Decke und musste runter. Was sah ich da! Alles lag wie im Krankenhaus und stöhnte. Ich ging ins Dorf, um jemand zu Hilfe zu holen. Aber überall fand ich das gleiche Bild. Als ich zurück ging, sagte ein ganz alter Nachbar, Mädel, wie siehst du aus, geh, leg Dich ins Bett. Ein Gefangener lag auch schon im Krankenhaus. So war nur noch ein Russe und ich. Die Kühe standen meistens trocken. Aber einige mussten doch gemolken werden. Um das Füttern zu sparen, half ich dem Russen, das Vieh in den Wald zu treiben.

Aber mit meinen Kranken wurde es immer schlimmer. Alle hatten hohes Fieber. Da kam der Wachmann. Als ich ihm auf dem Hof erzählte, dass alle krank sind, bekam er Angst und ging nicht mal ins Haus. Ich bat ihn mir einen Gefangenen zu schicken, weil ich wusste, dass er einen mehr hatte, weil er aus der einen Stelle entlassen wurde. Nein, das kann er nicht, meinte er, er brauche ihn zum Dreschen. Ich sagte, ich brauche aber dringend jemanden. Er soll ins Dorf gehen und sich mal umschauen. Es half alles nichts. Was tun? Ich holte den Russen und das Vieh nach Hause. Habe einen Brief an den Unteroffizier geschrieben, der die Wachmänner kontrolliert hat und schickte den Russen mit dem Pferd hin. Der ist sehr erschrocken als er den Gefangenen zu Pferd kommen sah. Er wohnte bis in Giesen. Der sagte, der Wachmann muss mir von seinen Gefangenen einen geben. Aber dann ließ er ihn eine Weile warten und gab ihm gleich einen Mann mit. Ob sie nun beide auf dem Pferd zurückgeritten sind weiß ich nicht.

Nun brauchte ich mich wenigstens nicht um die Pferde und um das Vieh kümmern. Der Russe ist nach Seefrieden zu meinem Cousin gefahren und bat ihn, einen Arzt zu holen. Aber der konnte keinen Arzt auftreiben. Jeder Arzt sagte ihm das Gleiche: Er hat so viel zu tun und kann nicht weg und außer Aspirin kann er den Kranken auch nicht helfen. Also kam er mit Aspirin und dem Rat, die Kranken gut warm halten und die Fenster verdunkeln, zurück. Es war furchtbar. Ich kann es gar nicht beschreiben. Außer Lindenblütentee hat keiner was gegessen. Nur die Gefangenen. Ich habe meine eigene Krankheit vergessen. Meine zweite Schwester Anna stand zuerst auf. Ich glaube, den fünften Tag. Und dann langsam die anderen. Am schlimmsten war mein Bruder Gustav und die Mutter krank. Der Gustav hat Sommer über schwer arbeiten müssen und war geschwächt und jetzt hat ihm das Fieber so zugesetzt, dass er nicht mal eine Tasse halten konnte. Das Fieber wollte nicht weichen. Aber dann ging es doch langsam besser. Das Fieber ließ nach. Aber er war sehr schwach. Er hatte dann schon Appetit auf eingemachtes Obst und freute sich. Eines Morgens fasste er meine Hände und sagte: Du hast mich vom Grab errettet.

Doch am gleichen Tag, um die Mittagszeit, kam die Gemeindeschwester. Es war eine ältere Frau. Ich wollte gerade Brote im Backofen einschieben und ließ sie allein zu meinem kranken Bruder. Als ich fertig war und zu ihnen ins Zimmer kam, erschrak ich. Sie hatte ihn nur leicht bedeckt und die Fenster aufgemacht und noch die Tür in unser großes ungeheiztes Zimmer. Ich rief gleich, was haben sie gemacht? Sie sagte, er muss fiebern, wenn er in solcher Hitze liegt. Ich sagte, er hat kein Fieber. Nein, sagt sie, ich habe es schon gesehen. Dann ging sie zur Mutter und sagte noch, freuen sie sich, ihrem Jungen geht es gut. Er hat kein Fieber mehr. Mutter sagte noch, es wird auch Zeit, er liegt ja schon drei Wochen. Bevor sie ging, hat sie ihm noch einmal Fieber gemessen, hat aber nichts gesagt und ging schnell fort. Als ich ein Weilchen später zu ihm kam, hatte er wieder hohes Fieber und fing an, zu phantasieren. Ich habe geweint vor Ärger, dass ich die Gemeindeschwester zu ihm ließ und auch vor Leid. Gleich erzählte ich es der Mutter und den Geschwistern und wir wussten alle was jetzt kommt. Es kam auch. Nächsten Tag hatte er Lungenentzündung. Er wusste, dass er sterben wird. Er bat uns, ihn zur Mutter ins Zimmer zu bringen und sagte, ich bin Mutters erste Hilfe und muss nun auch weg. Die beiden Gefangenen wollten ihn jeden Tag besuchen und er ließ sie kommen.

Immer hat er geklagt, oh meine Füße und meine Brust. Am dritten Tag ließ er uns alle zu sich kommen. Er gab jedem die Hand und sagte „Auf Wiedersehen in 10 Minuten fahre ich nach Hause." Mutter weinte sehr und sagte: „Jungchen, Du bist doch zu Hause". Er sagte: „Ja, Mutter, bis jetzt war es mein zu Hause, aber jetzt gehe ich nach dem Richtigen." Wir weinten alle. Er sagte: „Lange wird es nicht mehr dauern, denn meine Füße sind schon steif. Legt sie mir gerade. Wir taten es. Dann kniete ich an seinem Bett nieder und legte meinen Arm unter seinen Kopf. Er stöhnte leise. Dann sagte er noch: „Jetzt muss ich weg, denn hier (er neigte den Kopf zur Seite) wartet mein Vater auf mich." Ich fing heftig an zu weinen und er sagte noch etwas. Aber ich verstand nur seine letzten leisen Worte „meine Schwester Amalie". Es war nur wie ein Hauch. Ich ließ meinen Kopf auf das Kissen fallen und wäre am liebsten mit ihm gegangen. Unser Leid war unbeschreiblich. Seine Worte in den letzten Minuten verfolgten mich überall und uns alle. Mutter wurde noch schlimmer krank.

Ich war die Älteste und musste mich um alles kümmern. Es gab keine fertigen Särge mehr. Der Schreiner hatte weder Lack noch Farbe. Alles musste man auf Umwegen besorgen. Es war uns nichts zu viel und nichts zu teuer. Die Gefangenen baten uns, dass sie die Gruft für ihn ausheben und auch die Pferde führen dürfen, die den Leichenwagen zogen. Wir wussten, wie gern sie ihn hatten und erlaubten es. Mutter konnte nicht mit auf den Friedhof. Sie lag dann noch 14 Tage im Bett.

Nun mussten wir auch noch erfahren, dass unser Vater nicht mehr kommen wird. Ein L. aus Batiken war mit Vater zusammen in der Gefangenschaft. Er kam jetzt zurück und brachte uns die Skizze von Vaters Grab und den Totenschein. Vater hat genau ein Jahr in Russland gelebt und ist an Unterleibstyphus gestorben. Dieser L. soll ihn beerdigt haben und hat einen Holzrahmen um sein Grab gemacht. Die Bestattungskosten bekam er von uns ersetzt. Die anderen Gefangenen aus Russland kehrten alle heim. Nur der S., Vaters Schulfreund, ist gleich den dritten Tag nach der Heimkehr gestorben. Er ging sein Feld besichtigen, trank an einer Quelle kaltes Wasser und hat wohl Lungenentzündung bekommen. Es ging sehr schnell.

Der nächste Nachbar, der dem Vater in jungen Jahren so viel Kummer bereitet hat, war schon längst gestorben. Jetzt war sein Schwager G. mit Frau auf dem Hof. Das waren zwei sehr nette alte Leutchen wie man sie selten findet. Es starb seine Frau und er wollte das Feld verkaufen und zu seinem Sohn in die Stadt ziehen, der dort eine kleine Kutschwagenfabrik hatte. Wir wussten, dass es Vaters Wunsch war, dies Feld wieder zu erwerben und das wollten wir auch, denn das Geld war da. Aber dann kam Vaters Schwager und sagte: Habt ihr nicht genug Arbeit, warum wollt ihr noch mehr und einen Nachbarn müsst ihr haben, ob er näher oder weiter ist, bleibt sich gleich. Hätten wir nur nicht auf ihn gehört.

Es war in Gonsken ein älteres Mädchen, die mit einigen verwitweten Beamten ein Verhältnis hatte und von einem Schulrektor eine Tochter. Beinahe hätte sie ihn um seinen Posten gebracht. Aber mit Geld lässt sich alles machen. Sie hatte jetzt etwas Geld und heiratete den Sohn von einem größeren Hof. Der war beschränkt und deshalb bekam er mehr Geld. Die haben nun das Anwesen von unserem Nachbarn gekauft. Jetzt erst sahen wir, wie falsch wir gehandelt hatten.

Die wussten, dass wir voll Trauer um Vater und Bruder und außerdem nur Frauen waren und nutzten uns aus. Er hat eine Kuh gekauft und band sie auf unserem Kleeacker an und sagte noch unserem Hütejungen, er möchte aufpassen, dass ihr nichts passiert. Die Nachbarin kam unaufgefordert in unseren Obstgarten, wenn wir drin waren, hat die Schürze voll Obst gesammelt und ging nach Hause. Wir wollten keinen Ärger und kein Geschimpfe und ließen alles geschehen, wenn ihr Benehmen uns auch geärgert hat. - Das Weitere von der Nachbarin später.

Das Kriegsende

Am 8. November 1918 wurde unser Bruder beerdigt. Da wurde schon vom baldigen Ende des Krieges gesprochen. Und er war auch bald zu Ende, wenn auch anders, als wir alle es erwartet haben. Zu uns kehrte niemand zurück. Die Gefangenen wollten erst für immer bleiben. Aber als dann alle anderen sich zur Heimfahrt rüsteten, zogen sie mit. Beide haben sich sehr bedankt und viel geweint. Sie wussten, dass wir aus dem Dorf wenig Hilfe bekommen werden.

Aber irgendwie musste es gehen und es ging auch diesmal. Der alte Ch. war schon tot. Aber sein ältester Sohn, der auf unserem Hof groß geworden war, kam vom Militär und auch der Fritz P. Mutter hat beide als Knechte genommen. Wir waren jetzt so viel Jugend auf dem Hof und die Arbeit ging wenigstens weiter. Dann aber heiratete der Ch. und ging weg. Der alte P. wollte uns nun schikanieren. Seine Frau war gut, mit ihr haben wir gern gearbeitet. Aber gegen ihren Mann konnte sie wenig ausrichten. Er fühlte sich im Dorf wie der Hahn im Korb, denn drei Höfe hatten keine Bauern mehr und der vierte Bauer war Invalide.

Ein Bauer muss auf den Hof

Obwohl wir drei erwachsene Mädels waren, fehlte doch überall eine starke Männerhand. Das Feld wurde bestellt und es gedieh auch alles ziemlich gut. Aber es fehlten Reparaturen an den Gebäuden und viele Gräben waren in Unordnung geraten. So wurden im Frühjahr die größten Wiesen überschwemmt. Unser jüngster Bruder Max war erst 15 Jahre alt. Er war damals ziemlich klein. Erst nachher, mit 17 schoss er in die Höhe.

Im Herbst 1919 beschloss unsere Mutter, dass eine von uns Mädels heiraten sollte, damit ein Bauer auf den Hof kam. Meine Mutter hätte wohl am liebsten unsere Schwester Anna auf dem Hof behalten. Sie war, besonders für die Außenwirtschaft, wohl die Tüchtigste von uns Dreien, auch war sie ein wenig schüchtern in größerer Gesellschaft. Aber mein Bruder Max bestand darauf, dass Mutter mir, der Ältesten, den Hof gab. Mir war damals ganz gleich, wer den Hof bekam. Wir hatten alle genug von der Arbeit und ich wäre am liebsten in die Stadt gegangen. Es glaubte jeder, meine Mutter wird noch selber heiraten. Sie hat auch Anträge bekommen.

Als es bekannt wurde, dass sie einen Schwiegersohn sucht, da war es, man kann fast sagen, um uns geschehen. Wir hatten keine Ruhe mehr. Erst kamen die Verwandten von Vaters Seite und brachten alle möglichen jungen Männer und behaupteten, dieser und dann jener ist genau der Richtige für uns. Denn es war kurz nach dem Krieg und jeder, der nach Hause kam, suchte wo unterzukommen. Mutter hatte Verständnis und drängte uns nicht. Die Anna wollte nie ins Haus, wenn jemand da war. Also war es endgültig beschlossen, dass ich heiraten soll. Mit den Verwandten von Vaters Seite haben wir uns bald entzweit, weil ich niemanden von den mir vorgeschlagenen heiraten wollte. Meine kleine Schwester Frieda, sie war damals 11 Jahre alt, sagte mir, sie wird mir helfen, einen auszusuchen. Und sie hat jeden genau beobachtet und hinterher kritisiert.

Jetzt kamen die Freier nicht nur am Freitag, wie bisher, sondern auch am Mittwoch. Manchmal zwei an einem Tag. Der K. hat sich amüsiert, wenn die Kutschen hinfuhren und kurz darauf gleich wieder zurück. Er hat über uns gelacht. Erst lachte ich auch. Aber später spottete schon die ganze Dorfjugend. Ernst wurde es, als jetzt auch Mutters Verwandtschaft sich einschaltete und uns Freier brachte. Besonders den Einen, er hieß K. Da hieß es, den soll und muss ich heiraten. Aber ich wollte ihn nicht. Und mein Bruder und meine kleine Schwester hatten auch was auszusetzen an ihm. Aber Mutter weinte, weil ihr Bruder und ihre Schwägerin gedroht haben, sie wollten nichts mehr mit uns zu tun haben. Um allem aus dem Wege zu gehen, bin ich von zu Hause weggegangen zu meiner Stiefschwester.

Es hat mich angeekelt, wenn sie gleich von Liebe und so drum rum gefaselt haben, gleich beim ersten Sehen, wo ich doch wusste, dass die meisten nur den Hof haben wollten und natürlich mich als Zugabe. Ich wusste aber auch, dass ich nicht hässlich war, nur sehr schlank, was damals nicht in Mode war. Als Mutter einmal nicht zu Hause war, kam wieder der M. aus Herzogskirchen, den ich schon mehrmals abgewiesen hatte. Anna, Ida und ich haben Wäsche gemacht. Wir waren voller Übermut. Als er mit seinen Liebesbeteuerungen anfing, sagte ich ihm, ich übernehme den Hof nicht, ich heirate nach der Stadt. (Mich wollte tatsächlich der G., der die Wagenfabrik vom G. übernommen hat, heiraten. Aber ich konnte ihn nicht ausstehen.) Der M. fragte gleich meine Schwester Anna, die sagte vielleicht. Da fing er an, um sie zu werben. Anna sagte, aber Herr M. sie so groß und ich so klein, (sie war etwas kleiner als ich) was gibt das für ein Paar. Und ich will den Hof nicht. Jetzt fingen wir aber zu lachen an, als er sich an die dritte Schwester wandte. Dann bekommen sie wohl den Hof? Da sagte die Ida mit Lachen: Aber heiraten können sie mich nicht, denn ich kam erst unlängst aus der Schule. Da sagte ich ihm, nun haben sie bewiesen, dass es ihnen nur um den Hof geht. Gleich hinterm Berg ist die junge Witwe von meinem Cousin und hat auch einen Hof. Er meinte, er wollte ein Mädchen und keine Witwe. Aber er ging. Paar Minuten später kam meine Schulfreundin und erzählte uns, dass er tatsächlich dort hingegangen ist. Aber die hatte schon einen Anderen.

Als ich ungefähr 14 Tage bei meiner Stiefschwester war, schickte Mutter meine Schwester Ida und ließ mir sagen, ich soll nach Hause kommen und brauche den K. nicht heiraten. Als ich zurückkam, sagte Mutter, jetzt haben uns alle Verwandten verlassen. Aber sie sagte auch, sie versteht mich, sie ist alt, aber sie möchte ihn auch nicht heiraten. Ich war froh und sagte nur, Gott wird uns nicht verlassen.

Wenn wir uns später darüber unterhalten haben, haben wir uns oft gefragt, warum uns keiner gefallen hat. Es waren Männer darunter, die gut ausgesehen haben und manche noch größer wie mein Mann waren. Viele waren auch ziemlich reich. Aber Mutter sagte nur, ich will keinen reichen Schwiegersohn. Er soll nur Geld in der Faust besitzen, also gut wirtschaften können. Aber ich konnte den Richtigen nicht finden. Es wurde schon Frühjahr. Wir waren beim Weben.

Endlich der richtige Freier

Da kam einen Nachmittag der K., der im Krieg die Wachmänner kontrolliert hatte, auf den Hof gefahren. Er kam gleich ins Haus und brachte noch einen jungen Mann mit, den er uns als Belusa, den Bruder von dem Sattyker Belusa, vorstellte. Er sagte, er war in Schwarzbergen Pferde kaufen und wollte nach längerer Zeit mal uns wieder besuchen. Mutter sagte gleich ein wenig verschmitzt, aber sie kommen doch nicht von Schwarzbergen. Ja, sagte er, ich habe kleinen Umweg durch den Wald gemacht. Der junge Mensch schaute Mutter an und lächelte. Er wusste ganz genau, dass Mutter es nicht glaubte.

Wir kannten die Belusas bis dahin nur dem Namen nach. Wussten auch, dass der in Sattyken ein guter Landwirt war. Sein Bruder war aktiver Soldat und ist mehrere Jahre mit meinem Cousin zusammen in Lyck gewesen. Mein Cousin ist auch öfters bei seinen Eltern gewesen und hat es uns oft erzählt.

Am Pfingstmontag war Mutter mit einigen meiner Geschwister weggefahren. Ich war fast allein zu Hause. Da kam wieder eine kleine Kutsche angefahren. Ich erkannte den jungen Mann wieder. Der Andere war sein Bruder aus Sattyken. Es hat mir schon gefallen, dass sie mit einem kleinen Federwagen ankamen und auch ganz einfach gekleidet waren. Nun sagten sie weshalb sie kamen und fragten mich, ob mir noch ein Besuch von ihnen erwünscht ist. Da konnte ich kein direktes „Nein" sagen. Ich sagte, meine Mutter würde es freuen, sie kennen zu lernen. Habe sie mit Kaffee und Kuchen bewirtet und ihnen auch erzählt, dass ein Cousin von mir mit einem Belusa zusammen in Lyck bei den Dragonern ist. Den kannten sie. Am nächsten Sonntag kam er dann allein. Er fragte gleich meine Mutter, ob sie ihn als Schwiegersohn haben möchte. Mutter lachte, denn bis jetzt hatte sie noch niemand danach gefragt. Wir gingen dann aufs Feld. Mein Bruder hat auf der großen Wiese die Pferde gehütet. Der wurde gleich angesprochen. Ich ging nach Hause und die zwei haben sich unterhalten. Nun hatte er gleich am ersten Tag meinen Bruder und auch meine Mutter schon fast gewonnen. Die kleine Schwester hatte diesmal auch nichts auszusetzen.

Nun kam er jeden Sonntag. Das blieb natürlich nicht geheim. Wir hatten nun Ruhe vor mehr Freiern. Aber jetzt kamen alle an, um ihn bei uns anzuschwärzen. Belusas sind sehr geizig. Und er besitzt nichts und sonst noch allerhand. Aber meine Mutter sagte nur, wenn Belusas so schlimm wären, hätte der reiche Dormeyer die Schwester nicht geheiratet, nachdem seine Schwester schon einen Belusa zum Mann hatte. Als sie bei uns nicht ankamen, versuchte man es anders. Bei seinem Bruder und Schwager versuchte man mich schlecht zu machen. Sonst hatten sie nichts, denn unser Haus hatte einen guten Ruf, aber weil ich so schlank war, ich wog als Mädchen nicht mehr wie 90 Pfund, hieß es immer ich bin eher zum Sterben als zum Heiraten. Und Kinder kann er keine erwarten. Aber sein Schwager, der

Dormeyer, hat im Krieg das Getreide auf dem Feld schätzen müssen, wie es in diesem Krieg mein Mann gemacht hat und der sagte, er hat uns Mädels oft beim Arbeiten beobachten können und hörte daher nicht auf das Geschwätz.

Die Abstimmung[3]

Nun kam im Juli die Abstimmung. Es strömte viel Volk aus dem Reich und auch aus dem Ausland. Alle, die in Ostpreußen geboren waren, kamen zur Abstimmung. Schon während des Krieges und auch nachher kamen immer wieder Polen und erzählten überall, Ostpreußen sei polnisch und die Menschen sprechen polnisch. Ja, es waren viele ältere Leute, die masurisch, aber nicht polnisch sprachen. Jeder war gespannt auf das Ergebnis. Aber wie groß war dann der Jubel, als sich herausstellte, dass in unserem ganzen Kreis nur zwei Stimmen für Polen abgegeben wurden. Mit Recht hat dann unsere Stadt, Magrabowa, den Ehrennamen „Treuburg" bekommen. Überall wurde gefeiert, denn jetzt hatte man den Polen den Beweis geliefert, dass der Kreis deutsch und nicht polnisch war.

Dem Belusa seine Brüder kamen auch aus dem Reich, aber ich habe sie damals noch nicht kennen gelernt. Seine Eltern wohnten ganz nah an der polnischen Grenze. Sie hatten es während des Krieges immer schwer. Es gab kaum noch männliche Arbeiter. Alle wurde eingezogen. Als der Sohn Heinrich, der den Hof übernehmen sollte, gefallen war, verkauften sie den Hof. Sie wussten nicht, dass der Krieg in einigen Wochen schon zu Ende ging. Sie haben auch nicht geahnt, dass das Geld bald keinen Wert mehr haben wird. Es waren nur noch zwei

---

3 Volksabstimmung 1920. Dabei ging es um die zukünftige Zugehörigkeit von Masuren zu Deutschland oder Polen. 97,9 % stimmten für Deutschland.

unverheiratete Kinder. Der Jüngste, Walter, der sich jetzt um mich beworben hat und die zweitjüngste Schwester Johanna.

Für einen Teil des Geldes haben sie sich in Treuburg ein Dreifamilienhaus gekauft und der Rest sollte an die Kinder verteilt werden. So hatte jetzt der Walter, als er aus dem Kriege kam, nicht recht wo zu bleiben. Erst sollte er Zimmermann werden. Hat auch eine Zeit beim Mex in Treuburg gearbeitet. Aber das gefiel ihm nicht. Dann war er als Verwalter auf einem Gut. Als dies verkauft wurde, arbeitete er bei seinem ältesten Bruder in Sattyken. Dessen Stiefsohn war sein Freund und Vertrauter, obwohl er einige Jahre jünger war.

Soldaten im 1. Weltkrieg Mein Mann unten rechts

Unsere Hochzeit

Am 27. Dezember 1920 haben wir geheiratet. Es ist wohl jedem sein Schicksal bestimmt, denn ich träumte immer von einem großen blonden Mann ohne jeglichen Bart wie mein Vater oder mein Lehrer V. Und nun heiratete ich einen Mann mit einem dunklen Kaiser Wilhelm Bart und hatte Schwiegervater und drei Schwager mit Vollbärten. Als kleiner Junge war mein Mann ganz hellblond. Seine Schwester Helene erzählte oft, wie erschrocken sie ist, als sie ihn einmal plötzlich mit schwarzem Haar sah. Er hat gehört, dass vom Thomasmehl alles gut wächst. Damit er auch schneller wächst, hat er sich Thomasmehl auf den Kopf gestreut. Seine Schwester führte ihn an den Teich, der am Hof war, fasste ihn an den Beinen und schwenkte ihn im Teich so lange, bis er wieder blond wurde. Aber er hatte dann auch ganz dichtes und schönes welliges Haar.

Den Hof konnte uns die Mutter nicht gleich übergeben wegen meinem vermissten Stiefbruder. Der wurde immer noch gesucht. Mein Mann war humorvoll und immer froh. Mit meiner Mutter konnte er sich sehr gut verstehen und mit meinen Geschwistern auch. Bei der Hofübergabe wollte Mutter für sich nichts eintragen lassen, nur dass sie weiter bei uns bleibt und an unserem Tisch mitessen darf. Damit waren wir aber nicht einverstanden. Mein Mann sagte, wir werden ein ganz schönes Altenteil einsetzen. Wenn wir uns weiter so verstehen, und das hoffe ich, dann brauchst du es nicht beziehen. Aber im Falle ich sterbe oder meine Frau und es kommt jemand anderes, mit dem du dich nicht vertragen kannst, dann bist du abgesichert. Das hat meine Mutter meinem Mann nie vergessen. Und Mutter und meine Geschwister haben alle meinen Mann lieb gewonnen.

Die Beiden, mein Mann und mein Bruder, der jetzt ganz schön groß geworden war, haben gearbeitet wie Verbrecher. Was früher vier Mann am Tag nicht geschafft haben, haben jetzt die zwei geschafft. Mutter bettelte nur immer, sie sollen langsam tun, sonst werden sie krank. Aber sie lachten nur. Es gab auch keine jugendlichen Arbeiter. Alle, die noch da waren, gingen zur grünen Polizei. Ich kann heute nicht sagen, was das war. Mein Mann war erst 25 Jahre alt und die Bauern waren alle neugierig, wie der Grünschnabel, wie er genannt wurde, wirtschaften wird.

Nur eins machte meinem Mann große Sorgen. Es musste gebaut werden. Weil sein Bruder und sein Schwager Großbauern waren und schöne neue große Höfe hatten, wollte er am Anfang auch verkaufen und einen großen Hof kaufen. So hat er Sommer über gearbeitet und im Winter ging er auf Suche nach was Besserem. Aber er fand nichts. Und alle seine Bekannten, die ihn besuchen kamen, haben ihm immer wieder versichert, wie schön die Lage so dicht am See ist und dass er nie eine bessere finden wird. Wir ließen ihn gewähren. Bald hat er sich beruhigt.
Zuerst fing er an, den Boden auf dem Feld in Ordnung zu bringen. Vater hatte einige Steindränagen gelegt. Die waren auch jetzt noch in Ordnung. Aber besonders in den oberen Feldern am Wald waren noch mehrere Wassertümpel. Die mussten trockengelegt werden. Es wurden wohl mehrere tausend Röhren verlegt, ehe alles in Ordnung kam. Wir hatten auch viele offene Gräben. Zu Vaters Zeiten hat fast jeden Sommer ein Mann aus Seefrieden die Gräben saubergemacht. Jetzt, wo nur wir Frauen gewirtschaftet haben, waren viele verschlammt und einige auch zugewachsen. Im Frühjahr bei der Schneeschmelze wurden Brücken mitgerissen und die meisten Wiesen standen unter Wasser. Dem wollten mein Mann und mein Bruder zuerst abhelfen. Die kleineren Gräben verschwanden. Es wurden Rohre gelegt und die Abhänge wurden immer kleiner. Aber die Hauptgräben mussten offen bleiben. Ein Graben von rechts brachte das Wasser über die Nachbarwiesen und der von links brachte wieder das Wasser von den Nachbarn aus dem Lycker Kreis. Die zwei Flüsse vereinigten sich, vielleicht 200

oder auch 300 m vor dem See zu einem. Zu beiden Seiten war eine hohe Böschung. Damit unsere Wiesen trocken wurden, musste dieser Hauptgraben vertieft werden. Aber das konnten wir allein nicht schaffen. Im Flussbett waren lauter Steine.

Erst wendete sich mein Mann an die Nachbarn im eigenen Dorf und erklärte ihnen, wie viel Nutzen auch sie davon haben werden. Aber die lachten und meinten, wir sollen ihm seine Wiesen verbessern. Da ging er zu den Nachbarn vom Lycker Kreis. Die sahen einen großen Vorteil darin und halfen bereitwillig, nicht nur den Hauptgraben, sondern auch den bis zu ihrer Grenze tiefer zu machen.

Unsere große Wiese war eine Moorwiese. Da gab es Torf für mehrere hundert Jahre. Jetzt haben unsere Männer sie umgepflügt, weil sie so hoppelig war und mein Mann hat im ersten Jahr darauf Flachs gesät. Er hatte noch nie Leinsaat gesät und hat nicht dicht genug gesät. Da war das Flachstroh zu dick geraten und er hat dafür nicht sehr viel bekommen. Dafür hatte er aber umso mehr Leinsamen. Und der wurde gut bezahlt. Dafür konnte er den Dünger und die ganze Grassaat kaufen.

Im nächsten Jahr hat er aber noch nicht Gras angesät, sondern wir haben ein Stück mit Kohl und Kohlrüben bepflanzt. Solche großen Kohlrüben haben wir noch nie vorher gesehen. Den Rest hat er mit Grünfutter besät. Als jetzt die Nachbarn das sahen, wollten sie den anderen Graben tiefer machen. Sie fingen an, unsachgemäß Löcher zu graben. Das hat mein Mann ihnen verboten. Nun holten sie den Amtsvorsteher und wollten meinen Mann zwingen, diesen Graben tiefer zu machen. Doch der sah sich den Graben an und meinte, er ist vorschriftsmäßig bis zur alten Sohle gereinigt. Mehr braucht er nicht tun. Ein paar Jahre später hat er es gemacht, ohne ihre Hilfe.

Unser nächster Nachbar, der die Frau von meinem gefallenen Cousin geheiratet hatte, hat versucht, meinem Mann die meisten Schwierigkeiten zu machen. Es wäre da vieles zu schreiben. Aber er konnte nichts machen. Im dritten Jahr hat nun mein Mann Gras gesät. Ach, war das eine Pracht. Wenn man den Weg, der durch die Wiese zum Torfbruch führte, fuhr, war weder vom Wagen, noch von den Pferden was zu sehen. Unsere Männer strahlten und zeigten es jedem, der es sehen wollte. Als die Nachbarn das Gras sahen, fingen sie an, ihre glatten Wiesen umzupflügen. Aber sie hatten wenig Glück. Mein Schwiegervater kam öfters, um die Arbeit seines Sohnes zu kontrollieren. Er war sehr zufrieden.

Nun haben wir erst erfahren, dass mein Mann so etwas wie das schwarze Schaf in der Familie war. Im Krieg gab es wenig zu essen, aber etwas zu rauchen gab es immer. So hat er sich das Rauchen angewöhnt. Dann war er sehr kameradschaftlich. Das hielt man für Leichtsinn. Er meinte auch, seine Schwester Johanna wollte gern den Hof zu Hause haben und hat deshalb stark gegen meinen Mann gearbeitet. Deshalb haben wohl die Eltern auch den Hof verkauft. Als mein Mann noch als Soldat die Nachricht von dem Verkauf bekommen hat, ging er in eine Ecke und hat geweint. Unser Hof war neu und er war mit Leib und Seele Bauer. Nun war er froh, zeigen zu können, dass er wirtschaften konnte.

Nun will ich auch noch die Frau B. erwähnen, die ja unsere nächste Nachbarin war. In Herzogskirchen hatte sie viele Liebhaber. Hier fand sie bis jetzt noch niemanden. Von ihrem Mann hat sie auch eine Tochter bekommen. Die war auch ganz normal. Kurz nachdem wir geheiratet haben, sagte ihre Mutter zu meiner Mutter, sie will noch mehr Kinder haben, aber nicht von ihrem Mann. Von dem wird es ihr leicht sein, sich scheiden zu lassen. Gleich im Frühjahr, es war ein Feiertag, wir haben zum ersten Mal das Vieh auf die Weide gebracht und mein Mann war noch auf dem Feld, kam Frau B. angelaufen und fragte nach meinem Mann. Er möchte doch kommen und ihr helfen, ihren Mann zu fesseln. Wir lachten und fragten, was er denn verbrochen habe. Ja, er ließ sie die ganze Nacht nicht schlafen. Meine Mutter sagte es meinem Mann als er nach Hause kam. Der meinte nur, die kann lange warten. Als nach paar Stunden dann der B. seine Kuh am Hof vorbei auf sein Feld führte, fragte ihn mein Mann was los war. Der erzählte nun, dass sie ihm die Kleider verwahrt hat und ihn im Hemd mit der Kuh schicken wollte. Alle sollten sehen, dass er verrückt ist. Als er das nicht machen wollte, hatte er es sehr schlecht. Sie wollte ihm kein Essen geben. Er musste nach Schwarzbergen zur Arbeit gehen, bekam aber kein Essen mit. Mit dem Stöckchen hat er im Sommer das unreife Obst bei uns im Garten durch den Zaun zusammengeschart und es mitgenommen. Er tat uns so leid. Aber was sollten wir machen. Meinen Mann fing sie an zu locken. In unserem Feld lag der Friedhof. Dort saß sie in den Fliederbüschen und rief Kuckuck oder sonst was, damit er zu ihr gehen sollte. Es hat ihn geärgert. Er hat sie schon vor unserer Hochzeit kennen gelernt wie sie war.

Meine Mutter war einen Sonntag mit dem Max zu ihrem Bruder gefahren und blieb dort über Nacht. Der Abend war so schön, so blieb der Walter länger bei uns. Wir saßen im Garten. Plötzlich hörten wir, dass jemand um den Hof auf unser Feld lief. Wir folgten ihr natürlich und mussten sehen, wie sie bei uns Rüben rausgerissen hatte. Als sie uns hörte, verschwand sie im Dunkeln. Wir warteten dann im Garten unweit ihres Hauses. Plötzlich kam sie an. Ihre Mutter sagte, sie wird noch mal geschnappt. Da gab sie zur Antwort: „Die sind ja zu dumm." Also kannte sie mein Mann und ginge ihr aus dem Weg.

Als sie sah, dass alle ihre Mühe vergebens war, sagte sie, den bring ich bald vom Hof. Nun ging es los. Mein Mann war fremd. Es kannten ihn erst wenige. Jetzt fing sie an, allerlei Schauermärchen zu erzählen und meinen Mann schlecht zu machen. Die Kinder fingen an, vor ihm wegzulaufen. Er wurde der Schrecken der Umgebung.

Mein Mann hat einen Hütejungen von Großheinrichstal eingestellt. Als sein Vater mit dem Jungen nach Hause gehen wollte, rief sie ihn zu sich ins Haus. Am nächsten Tag kam der Vater statt des Jungen und wollte alles rückgängig machen und ihn bei uns nicht arbeiten lassen. Wir sagten gleich, die Frau B. hat ihnen Angst gemacht. Er gab es dann zu. Wir sagten ihm, wir wollen ihn nicht zwingen. Aber er soll den Jungen für 8 Tage zur Probe schicken. Wenn es ihm nicht gefällt, kann er gehen. Der kam und blieb drei Jahre. Es ist oft so passiert. Jetzt versuchte sie es auf andere Weise.

Wenn bei uns der Torf zum Trocknen in Haufen aufgestellt war, lagen am nächsten Tag die ganzen Haufen auseinander und ein Teil lag im Torfbruch. Rüben hat sie ausgerissen, Kartoffeln mit Nadeln voll gespickt fanden wir auf der Weide. Wir hatten am Anfang auch Schaden beim Vieh gehabt ehe wir wussten was los war. Erst hat sie aus Liebe, wie es hieß, ihn verfolgt und jetzt aus Hass.

Jetzt wollte sie es so weit treiben, dass mein Mann sich an ihr vergreifen sollte. Einen Tag brachte sie noch einen Mann mit zu uns auf den Hof und fing an, ohne Grund auf meinen Mann zu schimpfen. Mein Mann hat sie vom Hof gewiesen. Aber sie blieb dicht vor ihm stehen und spuckte ihm ins Gesicht. Aber er hat sich beherrscht. Mein Bruder kam dazu und wollte sie rausschmeißen. Aber mein Mann rief nur: „Mach Dir die Finger nicht schmutzig!" Er wollte sie aber auch nicht anzeigen. Er sagte, ich werde auch so mit ihr fertig. Einmal warf sie sich vor unserem Hoftor hin und es schien als wenn sie Weinkrämpfe hätte. Ich sagte, unsere Männer sollen sie nach Hause bringen. Aber mein Mann sagte nur, das gerade will sie. Nein, lasst sie schreien. Als ihr Mann kam und sie aufheben wollte, hat sie ihn verhauen.

Als sie mit meinem Mann nicht fertig werden konnte, fing sie an, meine Nerven zu strapazieren. Ihre Freundin aus Herzogskirchen hat durch die Zeitung einen Mann gesucht und auch gefunden. Einen Landjäger (Polizist). Nun hat sie den jedes Mal bestellt, wenn mein Mann von Hause weg war. Der ließ mich dann rufen. Und sie hat dann in unserer Gegenwart solche Lügengeschichten erzählt, dass mir schlecht wurde. Bis es mir einmal zu viel wurde und ich dem Wachmeister sagte: „Nun können sie nicht leugnen, dass sie meinen Mann als Dieb bezeichnet hat." Meine Mutter und auch ich drängten meinen Mann, dass er sie anzeigt. Er hat es getan. Aber als der Richter dann fragte, ob sich die Nachbarn nicht einigen wollen, sagte mein Mann, von mir aus ja. Sie fing an zu schimpfen, wurde aber verurteilt, die Kosten zu tragen. Seit der Zeit hatten wir Ruhe.

Jetzt wandte sie sich an den Sohn vom nächsten Nachbarn und hat den so weit gebracht, dass er ihre Tochter ohne Wissen der Eltern in der anderen Kreisstadt Lyck geheiratet hat. Er war der einzige Sohn. Diese Tochter durfte erst auf den Hof, als sein Vater starb. Die hatten dann vier Kinder. Als jetzt im Krieg der junge Bauer gefallen war, hat mein Mann der Frau viel geholfen.

Als dann der Ärger mit der Frau beendet war und wir auch schon eigene Kinder hatten, ging alles ganz gut. Wir haben uns alle gut vertragen. Unsere Familie war Vorbild für den ganzen Umkreis. Oft wurde mein Mann gefragt, wie es möglich ist, dass meine Geschwister, Mutter und auch unsere Kinder und wir uns alle so gut vertragen.

Dann kam die Inflation. Die Tausende, die Mutter meinen Geschwistern verschrieben hat, waren nichts wert. Jetzt hieß es wieder: Ja, Ihr arbeitet umsonst. Der Belusa wird Euch nicht mehr geben als verschrieben ist. Mein Bruder hat meinem Mann geglaubt, dass er sie nicht betrügen wird. Aber Mutter und die eine Schwester hatten Bedenken. So haben wir beide beschlossen, ihnen ihr Erbteil aufzuwerten und haben es auch gerichtlich festgelegt. Nun waren alle beruhigt und arbeiteten wie für sich selbst.

Aber nicht so beruhigt waren meine Schwiegereltern und Schwager. Die haben es meinem Mann immer wieder gesagt, er schafft es nicht. Er ist dumm, dass er darauf eingegangen ist. Meine Geschwister sollten lieber vom Hof gehen und sich Geld verdienen. Das hätten sie ja gekonnt. Aber was hätten wir davon. Wir hätten an ihre Stelle Fremde nehmen müssen, die nicht so treu für uns gearbeitet hätten.

Mein Mann war viel unterwegs, denn es gab nichts, wo er nicht im Vorstand war. So musste er sehr oft weg. Aber er konnte es, denn mein Bruder war da und es lief alles als wenn er selber dabei war. Die Arbeiter haben oft auf meinen Bruder geschimpft, wenn er sie angetrieben hat. Aber das alles konnten meines Mannes Geschwister nicht verstehen. Besonders ließen sie mich ihren Ärger spüren. Aber ich sagte, eher würde ich mich scheiden lassen, als meine Geschwister vom Hof treiben, die in der schweren Zeit geholfen haben, den Hof zu erhalten.

Wir hatten ja in unserer Gemeinde ein solches Beispiel beim Wilhelm K. Vor der Hochzeit haben seine Schwestern sich geplagt und gearbeitet, während er geangelt hat oder spazieren gefahren ist. Als er geheiratet hatte, mussten die Schwestern vom Hof. Die Älteste hing sehr an ihrem Bruder und musste mit Weinen fort. Sie haben bald beide geheiratet. Die Ältere war nicht besonders glücklich. Die Jüngere hatte in unserer Gemeinde einen K. geheiratet. Sie hatte jetzt ein kleines Anwesen, aber war zufrieden. Ja, und der Bruder, der war nach dem Krieg selber nicht gewohnt zu arbeiten und seine Frau sollte und wollte auch nicht arbeiten. Fremde konnten sie nicht bekommen, weil er selber gern und gut essen wollte und die Arbeiter sollten mit Hering und Kartoffeln zufrieden sein. Zuletzt hatten sie nur noch ein polnisches Mädchen. (Davon noch später.)

Nur noch eines. Wir hatten gleich große Grundstücke. Wir hatten jeden Tag im Frühjahr 9 - 10 Kannen Milch geliefert. Er kam nicht über 2 Kannen. Bei uns ging alles munter und zufrieden weiter. Meine Mutter versorgte am Anfang noch die Küche. Später hat sie unsere Kinder beaufsichtigt. Die Kinder hatten sie gern.

Meine Schwester Ida

Der Hausvater vom Waisenhaus Treuburg bat meinen Mann, ihm doch eine von seinen Schwägerinnen zu schicken zur Entlastung seiner Frau. So ist dann meine Schwester Ida zu ihm gegangen. Sie hatte nähen gelernt und hat dort genäht und auch die Hausmutter vertreten. Es gefiel ihr und sie wollte länger dort bleiben. Da kam meines Mannes Bruder Franz zu Besuch. Er hatte auch ein Waisenhaus in Aschersleben im Harz. Als er hörte, dass meine Schwester in Treuburg ist, ging er hin und hat ihr sein Haus so schmackhaft geschildert und sie gebeten, zu ihm zu kommen. Und sie ließ sich bereden.

Im Anfang ging es noch. Doch dann wollte seine Frau, die nach außen sehr vornehm tat, sie nur ausnutzen und gab ihr die niedrigsten Arbeiten. Ihr Mann, der der Ida doch alles Gute versprochen hat, wollte sie nun in Schutz nehmen. Da wurde seine Frau auch noch eifersüchtig. Nun hatte sich meine Schwester eine neue Stelle besorgt. Doch bevor sie noch ging, schrieb Walters andere Schwägerin, deren Mann gestorben war und die ein Blödenhaus führte, ob wir nicht jemand wüssten, der ihr helfen könnte. Nun schrieb mein Mann schnell einen Eilbrief meiner Schwester und sagte ihr gleich, bei der wird sie es gut haben. Nun hat sie sich für die Schwägerin in Görlitz (Sachsen) entschieden. Da hat sie es gut gehabt. Die wollte sie gleich als Schwiegertochter behalten. Aber der Arzt hat ihr verboten dort länger zu bleiben, weil es zu aufregend für ihre Nerven war. Sie wurde krank.

Zeitweise waren ja die Leutchen ganz hell und taten ihr sehr leid. Sie haben für sie schöne Handarbeiten und Gedichte gemacht. So blieb sie noch länger.

Der unterschriebene Wechsel

In dieser Zeit erlebten wir zu Hause eine schwere Prüfung. Ein Großbauer aus dem Nachbarort Schwarzbergen kam eines Tages zu uns und bat meinen Mann, ihm einen Wechsel über 2.000 Mark zu unterschreiben. Ich sagte gleich nein und er ist gegangen. Doch paar Wochen später traf er meinen Mann auf dem Felde und bat ihn, mit ihm zu kommen, er brauche einen Rat. Da wir schon öfters dort und sie bei uns waren, hatte sich mein Mann nichts gedacht und ging mit. Dort erzählte er ihm, dass er so in der Klemme ist und nicht ein noch aus weiß. Seine Frau kam und fing an zu weinen. Mein Mann konnte keine Tränen, besonders bei Frauen, sehen. Das wusste sie und nutzte es aus. Er soll nun doch den Wechsel unterschreiben. Der P. sagte, mein Mann wisse doch, dass er totes und lebendes Inventar mehr wie genug habe, da brauche er doch keine Angst zu haben. Das wusste mein Mann. Aber er wusste auch, dass er auch viel Schulden hatte und dass daran seine Frau schuld war. Mein Mann war gutmütig und ließ sich bereden. Kam nach Hause und erzählte uns, dass er einen Wechsel über 2.000 Mark unterschrieben habe.

Es wäre auch weiter nicht so schlimm gewesen. Aber dann, vielleicht ein Jahr darauf, ist der P. auf einer Jagd verunglückt und gestorben. Es war im Frühjahr. Die Frühjahrsbestellung war nicht ganz fertig. Die Frau klagte, dass sie zu wenig Saatgut hat. So hat mein Mann ihr noch Getreide gegeben und meinen Bruder Max geschickt, der hat eigene Kleesaat genommen, die damals hübsch teuer war und alles zu Ende gesät. Dann aber kam ihr Neffe aus Drigelsdorf und fing an, in den Nächten das lebende Inventar wegzuschaffen. Ehe wir es erfuhren, war es zu spät. Jetzt meldeten sich alle Gläubiger und der Rest wurde beschlagnahmt.

Dann erhielt auch mein Mann einen Mahnbrief von einer Bank in Lyck, dass er mit 11.000 Mark für die er gebürgt hat, nun haften muss. Mein Mann und ich waren entsetzt und wollten es nicht glauben, denn er gab doch nur seine Unterschrift für 2.000 Mark und nun waren es 11.000 Mark. Wie der Betrug zustande kam, wussten wir nicht, nur dass wir dies zahlen mussten. Von dem Hof war jetzt nichts mehr zu holen. Alles war beschlagnahmt. Als mein Mann die Frau zur Rede stellte und wenigstens für das Getreide, das er ihr jetzt noch zusätzlich gab, etwas haben wollte, sagte sie, „aber Walterchen, das sind doch jetzt Deine Schulden." Es war kurz nach der Inflation. Es kostete alles nicht viel. Man konnte nicht so leicht zu Geld kommen. Ein Zentner gemästete Bullen oder Ochsen kostete 18 Mark.

Wir hatten 45 Ferkel. Einen Tag in der Woche fuhr mein Mann nach Treuburg auf den Markt und einen Tag nach Lyck. Aber keiner wollte kaufen, weil damals knapp an Kartoffeln war und der Zentner 6 Mark gekostet hat. Wir haben sie gebraten und gegessen und sogar das Stück mit 5 Mark verkauft. Aus Ärger haben wir die Zuchtsäue verkauft und uns zwei junge neurassige gekauft. Die brachten uns im nächsten Jahr eine ein Ferkel und die andere drei Ferkel. Kartoffeln sind gut gewachsen und waren billig. Jetzt wollte jeder, auch der Ärmste, Ferkel haben. Weil die meisten Bauern ihre Zuchtsäue abgeschafft hatten, kosteten jetzt die Ferkel 40 - 45 Mark. Wir mussten selber welche kaufen.

Die Sparkasse in Lyck drängte uns, dass wir die Bürgschaft zahlen sollten. Wie sollten wir aber damals die 11.000 Mark aufbringen? Wir hätten all unser Vieh und Pferde verkaufen können für das Geld. Es hätte nicht mal gereicht. Mein Mann ist nach Lyck und bat um

Stundung. Nach vielem hin und her war die Bank einverstanden, wenn er etwa 3.000 Mark sofort bezahlt und das übrige später. Wenn nicht, so müssen sie zur Versteigerung greifen. Erst später haben wir erfahren, dass viel Betrug und auch Intrigen dahinter steckten. Was sollten wir tun. Meine Mutter und Geschwister durften das gar nicht erfahren. Mutter hätte sich zu Tode gegrämt. Nur mein Bruder Max wusste davon. Mein Mann versuchte, das Geld bei seinem Schwager und bei seinem Bruder, dem Großbauern aus Sattyken, zu borgen. Seine Eltern haben alle zu sich bestellt, um über unsere Sache zu beraten. Der Schwager kam gar nicht, nur seine Frau und der Bruder meinte, ob das was hilft? Da stand mein Mann auf und ging fort. Jetzt versuchte ich sie mit ihren eigenen Worten zu schlagen und sagte: „Ihr habt mir nicht erzählt, dass Walter leichtsinnig war. Jetzt ist es durch seinen Leichtsinn passiert, jetzt helft doch". Obwohl ich genau wusste, dass es nicht Leichtsinn, sondern nur Gutmütigkeit war. Es half alles nichts. Mein Onkel, Mutters Bruder, hätte uns leicht die 2.000 Mark geben können. Erst sollte er den Wechsel unterschreiben, da hat mein Mann ihn gewarnt. 1.000 Mark hatten wir schon abgezahlt. Ich schämte mich, zum Onkel zu gehen, da die Geschwister meines Mannes doch ebenso und noch reicher waren. Ich habe die Nächte geweint und am Tag durfte keiner unsere Sorgen merken. Es war sehr schlimm.

Die Schwiegereltern hatten noch auf ihrem verkauften Grundstück etwas über 2.000 Mark stehen und sagten dem Walter, wenn der Käufer ihm jetzt schon das Geld geben wird, kann er es haben. Walter ist hin und der P. versprach das Geld den Eltern in die Stadt zu bringen. Doch als Walter hinfuhr, das Geld zu holen, war es schon weg. Der Schwager hatte irgendeine Verpflichtung über 2.000 Mark und nahm das Geld. Er wollte sein Geld auf der Kasse lassen. Er war der Meinung, es lohnt sich nicht, dem Walter zu helfen.

Dann schrieb ich alles meiner Schwester Ida, die noch immer in Sachsen bei Walters Schwägerin war und die hat uns ohne zu zögern von sich aus gleich ihre ersparten 1.000 Mark geliehen. Jetzt ging mein Mann nach Treuburg auf die Sparkasse und bat um Rat. Da bekam er die restlichen 1.000 Mark und die Kasse hat die Bürgschaft für das andere Geld übernommen. Nun hatten wir Ruhe. Meine Schwester Ida ist in Urlaub gekommen und wir haben alles behutsam der Mutter und allen anderen erzählt. Denn jetzt war das Schlimmste vorbei.

In der Zeit damals sind viele Höfe kaputt gegangen. Es gab viele Versteigerungen. Die Bauern hatten Protestmärsche unter einer schwarzen Fahne bis Königsberg gemacht. Es ging so, bis Hitler an die Macht kam und das Erbhofgesetz rauskam. Da waren die Höfe geschützt.

Was durch Hitler nachher Schlimmes auch entstanden ist, damals war er für die Landwirtschaft und die Arbeiter eine Rettung.

Die restliche Schuld wurde dann langfristig gestundet und tat uns nicht weh. Die Preise wurden besser und stabiler. Unsere Zuchtstute, die wir als kleines krankes Fohlen über die Russenzeit gerettet haben, brachte uns jedes Jahr ein sehr wertvolles Fohlen. Im ganzen hat sie uns 22 Fohlen gebracht. Aber nur 1 war ein Stutfohlen. Als es ein Jahr alt war, haben die Händler es durchaus kaufen wollen. Haben uns 2.000 Mark geboten. Das war damals viel Geld. Aber wir wollten es zur Zucht behalten. Wenn wir sie später mal angespannt hatten, haben wir öfters gehört wie Händler gesagt haben: Der Bauer weiß bestimmt nicht, was er da angespannt hat. Doch bevor sie ein Fohlen brachte, erkrankte sie. Zwei Tierärzte haben sich um sie bemüht, aber umsonst. Erst sagte der Tierarzt, dass es nur Druse ist, eine Kinderkrankheit. Mein Bruder hat geweint um sie und uns ging es bald ebenso. Fast immer hatten wir zwei Zuchtstuten. So konnten wir jedes Jahr ein erwachsenes Pferd und ein Fohlen verkaufen.

Kühe hatten wir keine unter 25 l Milch. Wir brauchten mit nichts mehr auf den Markt zu gehen. Alles wurde im voraus bestellt und abgeholt. Es lag ein Segen auf all unserer Arbeit. Wir waren alle zufrieden. Das Feld war in Ordnung, Weidegärten waren angelegt. Jetzt konnten wir weiter bauen. Den einen großen Stall haben wir schon 1926 gebaut. Dort ist auch unser Name verewigt solange der Stall stehen wird.

In dem Jahr ist auch unser drittes Kind, unsere Tochter Gerda, geboren. Wir waren eine glückliche Familie. Mutter, Geschwister und wir beide mit Leni, Walter und Gerda. Wir waren alle eine Familie. Die Arbeit wurde schnell und immer mit Freude verrichtet.

Es war für das Getreide wenig Platz. So wurde die Scheune neu gebaut. Fast die Hälfte wurde unterkellert. Das war der Kartoffelkeller. Mein Mann wollte keine Mieten draußen haben. Der neue Stall war auch bei dem Stück, wo der Wagenschauer und oben Speicher ausgebaut war, unterkellert. Der war sehr groß. Das war der Rübenkeller. Aus dem Wagenschauer konnten die Rüben durch drei Luken gleich in den Keller geschüttet werden.

Die Hochzeit meiner Schwester Anna

Bevor die Scheune gebaut wurde, hat meine Schwester Anna geheiratet. Da erst die Verwandten meines Vaters immer wieder meine Geschwister gewarnt haben, dass der Belusa ihnen nichts gibt, wollten wir das Gegenteil beweisen. Große Aussteuer an Möbeln brauchte sie damals noch nicht, weil ihr Bräutigam erst den Hof ausbauen wollte. Sie hatten erst nur eine kleine Wohnung.

Aber sonst hat sie eine gute Aussteuer bekommen und eine Hochzeit, wie sie Heinrichstal noch nicht gesehen hatte. 105 Personen waren auf der Hochzeit. Unsere älteste Tochter Leni durfte als Blumenmädchen dabei sein. Sie war begeistert. Walters Bruder hat ihn getadelt, dass er sich solche Unkosten macht. Aber er meinte, sie hat treu gearbeitet die ganzen Jahre und hat es verdient. Außerdem können wir es uns jetzt leisten. Es wurde viel und oft über die Hochzeit gesprochen.

Mein Bruder hörte, dass nach dem Scheunenbau und der Hochzeit die Nachbarn gesagt haben, jetzt pfeift wohl der Belusa aus dem letzten Loch. Jetzt kann er sich nichts mehr leisten. Und der Max hat meinem Mann zugeredet, er soll doch noch den Dreschsatz kaufen. Erst hatte mein Mann Bedenken. Doch als sie berechnet haben, wie viel man in den nächsten Monaten aus der Wirtschaft einnehmen könnte, hat er ihn gekauft. Als erster und einziger damals in Kleinheinrichstal. Nun staunten alle und sagten, es geht da nicht mit rechten Dingen zu. Entweder muss er hexen können oder sonst was.

Jetzt haben sie ihn zum Bürgermeister gewählt und taten nichts ohne erst den Belusa um Rat zu fragen. Später wurde er Ortsbauernführer. Er war ein geachteter Mann im ganzen Umkreis. Seine Eltern waren jetzt stolz auf ihn.

Die Hochzeiten meiner anderen Geschwister

Meine Schwestern haben alle gut geheiratet. Der jüngsten Schwester haben wir zweimal Hochzeit ausgerichtet, da ihr erster Mann ein Jahr nach der Hochzeit verunglückt ist. Es gab keine Hochzeit unter 60 Personen.

Mein Bruder hat sich mit meinem Mann so gut verstanden, dass er erst gar nicht ans Heiraten gedacht hat. Aber dann 1939 hat er doch geheiratet. Wir sind mit allen Geschwistern gut auseinander gegangen. Sie haben uns öfters besucht. Besonders zu Mutters Geburtstag sind sie immer wieder zu uns gekommen.

Es war jetzt mit der Arbeit nicht schlimm. Unser Hof wurde als Lehrbetrieb anerkannt. So hatten wir immer treue Helfer.

Die Geburt unserer beiden Jüngsten

1933 ist unsere Tochter Ursula geboren und dann 1939 die jüngste, Erika. Nun waren wir eine siebenköpfige Familie. Mutter half noch alle Kinder betreuen bis auf Erika. Da war sie schon öfters krank und auch schwach. Mein Mann hatte wenig Zeit für die Kinder. Aber am Sonntag haben wir immer alle zusammen einen Ausflug gemacht, meistens in den Wald. Wir saßen dann im Schatten und Walter konnte mir in Ruhe von seinen Erlebnissen in der Woche erzählen, denn er war viel unterwegs. Die Kinder haben uns Beeren oder Pilze gesammelt und oft uns mit zum Spielen und Rumtollen geholt.

Die vielen Nebentätigkeiten meines Mannes

Mein Mann war fast in allen berufsständigen Organisationen tätig. Auch war er einer der Ersten, der die Viehverwertung aufgebaut hat, die für die Landwirtschaft von großem Nutzen war. Als Bürgermeister von Groß- und Kleinheinrichstal hat er dafür gesorgt, dass die Straße nach Herzogskirchen ausgebaut wurde, denn im Herbst und im Frühjahr war die sehr schlecht. Bis Großheinrichstal kam eine feste Steinstraße und dann weiter bis Kleinheinrichstal wurde eine Kiesstraße gebaut. Gern hätte er auch noch Pflaster durch Kleinheinrichstal machen lassen, aber keiner von den Bauern wollte noch weitermachen.

Denn Steine und Kies mussten für die ganze Straße von den Bauern gefahren werden. Später haben sie sehr bedauert, dass sie ihm auch da nicht gefolgt sind. Jetzt konnte das Milchauto bis zu uns auf den Hof kommen und die Milch abholen.

Für die Wasserleitung wurde unweit vom Haus auf dem Hof in 30 m Tiefe Wasser gefunden. Das Wasser stand nun fast einen Meter über der Erde. Es wurden breite Rohre reingestellt und ein Gestell in dem Wasser gebaut, wo man die Abendmilch zum Abkühlen reinstellen konnte. Vom Brunnen aus lief das Wasser in den Pferde- und Viehstall. Dort brauchte man nur die Hähne aufmachen, die über den Krippen waren. Durch den Kuhstall wurden unten Rohre gelegt bis in den Weidegarten. So brauchten die Kühe im Sommer gar nicht zum Tränken rausgelassen werden. Das Wasser lief dann dauernd aus der Leitung. Es war so einfach. Nur an ganz heißen Tagen durften die Kühe im See schwimmen. Im Jungviehgarten war eine Quelle, die nie versiegte. Dort wurde auch eine Tränke ausgebaut. Ein Weidegarten war am See. So hatten wir mit Wasser kein Problem. Es war alles schön bequem.

Unsere Kühe im See

Es gelang meinem Mann alles nach Wunsch und wir freuten uns alle. Denn erst hatten wir genug Schwierigkeiten. Die Nachbarn verehrten jetzt alle meinen Mann. Er hat als Ortsbauernführer vieles für alle zum Vorteil erreicht.

Hitler kommt an die Macht und der 2. Weltkrieg

Als 1933 Hitler an die Macht kam, sollte mein Mann unbedingt in die Partei. Als er aber sah, wer alles in die Partei kam, wollte er nicht. Als dann bald darauf der Streit zwischen dem Reichsnährstand und der Partei ausbrach, bestellte ihn der Landrat zu sich und sagte, er solle den Ortsbauernführer-Posten abgeben und nur Bürgermeister bleiben. Mein Mann antwortete darauf: In erster Linie bin ich Bauer und dann erst Kommunalbeamter.

Schon nach drei Tagen wurde ihm das Bürgermeisteramt abgenommen. Aber wer sollte es nun werden? Von Groß- und Kleinheinrichstal waren nur zwei in der Partei. Das war Herr B., der Gutsbesitzer, der aber schon Amtsvorsteher war, und dann noch der K. Aber der hatte mal die Ortskasse um einige 100 Mark betrogen als er Ortsrechner (Kassierer) war. Den wollte niemand als Bürgermeister haben. Aber er wurde es trotz allem. Nun wollte keiner zu ihm hin. Alle kamen weiterhin mit allen Anliegen zu meinem Mann. Sie hatten kein Vertrauen zum K. Es wollte keiner bei ihm arbeiten. Sogar die Kartoffeln sind ihm eingefroren.

Jetzt kamen die Bezugsscheine auf. Wer zu ihm nicht arbeiten ging, der bekam keine Bezugsscheine. Wenn er zur Arbeit bestellen kam, haben meistens die Frauen gesagt, sie sind schon von uns bestellt worden. Und dann kamen sie betteln, mein Mann möchte ihnen doch irgendeine Beschäftigung geben. Wenn er sagte, das kann ich nicht machen, blieben sie trotzdem und gingen die Scheune saubermachen oder sonst was. Die Verpflegung soll bei ihm so schlecht gewesen sein.

Die Ausbildung unserer Tochter Leni

Unsere älteste Tochter Helene hat nach der Volksschule im elterlichen Betrieb die Hausarbeitslehre mit anschließender Prüfung abgeleistet. Dann hat sie Nähen gelernt. Und im Winterhalbjahr 1938/39 besuchte sie die Mädchenabteilung der Landwirtschaftsschule in Treuburg. Von dort aus wurde sie für einen Lehrgang an der Bauernschule Gr. Maraunen vorgeschlagen, den sie dann auch gleich anschließend besuchte. Von dort aus haben sie weite Ausflüge gemacht. So konnte sie ihre Heimatprovinz Ostpreußen besser kennen lernen.

Von dort aus wurde sie für die Bauernhochschule in Goslar vorgeschlagen und hat sie auch später besucht. Dort hat sie das Reichssportabzeichen bekommen.

Dann wurde sie von der Landesbauernschaft Königsberg als Wirtschaftsleiterin auf zwei Gütern im Kreis Sudauen eingesetzt. Dort hat sie das Elend der Polenarbeiter kennen gelernt. Die wurden von ihrer früheren Herrschaft sehr ausgenutzt. Als sie nach Hause zu Besuch kam, hat sie fast geweint, so taten ihr die Leute leid. Sie sagte, bei uns werden die Hunde besser behandelt. Alles was wir entbehren konnten, hat sie für die Leute mitgenommen. Es kam auch noch ein deutscher junger Verwalter aus unserem Kreis dort hin. Die Leute haben sie sehr verehrt und meinten, jetzt leben sie wie Menschen. Die Gutsfrauen waren noch da. Die Herren waren interniert. Als Leni einmal von zu Hause dorthin zurückkam, hat die Gutsfrau den Leuten wieder alles weggenommen. Sogar die Strohsäcke, die Leni ihnen besorgt hat. Ein Jahr war sie dort.

Dann kam sie nach Hause und nahm an einem Rotkreuz-Kurs teil. Jetzt musste sie öfters nach Treuburg als Rotkreuzhelferin, wenn ein Transport mit Verwundeten von Osten kam. Im Ort war sie als Ortsjugendwartin und Mädelschaftsführerin tätig.

Die Hochzeit unserer ältesten Tochter Leni
Der Tod unseres Schwiegersohnes Konrad Weiß

Am 14. 9. 1941 hat sie geheiratet. Ihr Mann war von Beruf Diplomlandwirt und kam bald nach der Trauung an die Ostfront. Sie kannten sich schon über zwei Jahre. Sie wollten erst nach dem Krieg heiraten. Er stammte aus Bayern und wollte dann seine drei Brüder mit Familien einladen, damit sie sehen, wie man in Ostpreußen eine Bauernhochzeit feiert. Aber dann plötzlich wollte er schnell heiraten. Und am 10. November 1941, einen Tag nach Lenis zwanzigsten Geburtstag, ist er als Oberleutnant bei Leningrad gefallen und auf dem Friedhof in Nikolskoje beigesetzt. Seine Vorgesetzten haben der Leni sehr liebe Briefe geschrieben. Ein Hauptmann hat acht Bilder und einer sechs Bilder von seinem Grab und seiner Beisetzung geschickt. Für Leni und für uns alle war es ein schwerer Schlag. Wir hatten ihn alle sehr gern. Seine Mutter ist kurz darauf vor Gram gestorben. Er war ihr Jüngster. Er hieß Konrad Weiß.

Die letzte Ehre für unseren Schwiegersohn Konrad Weiß

Um auf andere Gedanken zu kommen, hat Leni für kurze Zeit die Leitung eines Aufbaukurses in Treuburg übernommen. Dann war sie wieder im Elternhaus. Im Winter war sie dann wieder Lagerführerin bei den volksdeutschen Mädchen. Die sollten auch Hauswirtschaft lernen. Doch es war alles knapp geworden. So haben wir von zu Hause Kartoffeln, Gemüse und Quark geliefert, unentgeltlich. Dann hat sie sich entschlossen, Volksschullehrerin zu werden. Sie ging auf ein Lehrerseminar nach Elbing und war dann als Lehreranwärterin angestellt in Westpreußen, in einer Gegend, wo die Kinder nicht mal alle deutsch sprechen konnten. Sie hatte eine einklassige Schule mit über 100 Kindern.

Ich musste im Frühjahr 1944 ins Krankenhaus. Jetzt schrieb unser Sohn von der Wehrmacht aus an Leni, sie möchte doch nach Hause kommen und mir helfen, sie muss doch nicht Geld verdienen. So kam sie in den Sommerferien nach Hause und sollte nicht mehr in die Schule. Erst hatte sie Schwierigkeiten, aber weil ich operiert wurde, durfte sie heim. Doch jetzt schrieb ihr die Landesbauernschaft, sie hätte eine bäuerliche Ausbildung und auch sonst, was sie braucht, nur muss sie noch einen sechswöchigen Kurs machen und dann kann sie und die Frau von einem Kollegen ihres gefallenen Mannes die Bauernschule in Maraunen weiter leiten. Lenis Mann hatte mit dem Kollegen, bevor er eingezogen wurde, die Schule geleitet. Dort hat Leni ihn auch kennen gelernt. Sein Kollege ist auch gefallen. Dieses wollten die beiden Frauen gern tun, denn da hätten sie mit Erwachsenen zu tun und durften auch viel Sport treiben.

Ich glaube, Ende August sollte der Kurs anfangen. Mein Mann wurde vom Reichsnährstand aus von der Wehrmacht freigestellt und musste im Sommer das Getreide auf den Feldern schätzen und dann kontrollieren, wie viel Vieh welche Gemeinde abliefern konnte usw.

Lenis Unfall (Sommer 1944)

Nun musste er für die Einbringung der Ernte sorgen. Denn es waren nur lauter Frauen und ganz alte Männer da. Mehrere Tage hat er mit unserem Selbstbinder nur gemäht. Leni wollte auch beim Einfahren helfen. Einen Tag sind sie ganz früh aufgestanden und wollten unseren Roggen einfahren. Als sie das Fuder fertig hatten, kam der Nachbar und bat meinen Mann zu ihm zu gehen. Eine Kuh sei am Kalben. Er selbst müsste sofort zur Bahn.

Unser Feld war hügelig. Unsere älteren Pferde mussten wir für die Wehrmacht abgeben. Es waren junge Trakehner, die angespannt waren. Man konnte nicht zu Fuß neben dem Wagen gehen. Man musste vom Fuder aus kutschieren. Mein Mann blieb beim Nachbarn und Leni fuhr allein nach Hause. Als sie vom Berg runterfuhr, fiel eine Garbe runter. Die Pferde erschraken und gingen durch. Sie rutschte immer mehr und fiel runter. Da erschraken die Pferde noch mehr, sprangen zur Seite und der Wagen ging über ihre Beine. Als wir sie fanden, hatte sie ihre Beine schon gerade zusammengelegt.

Es war dauernd Militär im Ort. So fuhr mein Mann und zwei Sanitäter mit ihr, um ein Krankenhaus zu finden, das sie aufnahm. Unser Krankenhaus war schon geräumt. Sie brachten sie bis Angerburg. Sie hatte zwei Oberschenkelbrüche und zwei Beckenbrüche. Die Sanitäter wunderten sich wie tapfer sie war. Sie hat sich im Auto noch ihr Haar gekämmt.

Wir konnten sie schlecht besuchen, denn es gingen fast nur Militärzüge. Nur wenn die Offiziere ins Führerhauptquartier fuhren, konnten wir mitfahren. Als ich sie das erste Mal besuchte, waren vier Ärzte bei ihr. Alle versicherten mir, es bestehe keine Hoffnung oder es müsste ein Wunder geschehen, sagte der Chefarzt. Ich sollte die Telefonnummer angeben, dass sie uns benachrichtigen können, wenn es aus ist.

Sie meinten, Leni versteht sie nicht. Es schien auch, als wenn sie mich nicht erkannt hätte. Sie lag im Streckverband und die Arme waren auch festgebunden. Sie stöhnte und wollte die Arme losreißen. Ich konnte es nicht ertragen. Ich bat die Ärzte, sie möchten mir etwas geben. Sie gaben mir etwas. Ich wurde ruhig und blieb bei ihr über Nacht. Da ich wusste, dass sie sowieso sterben muss, gab ich ihr eine Phenalgetintablette, um ihr die Schmerzen zu lindern. Da schlief sie ein. Als sie nachts aufwachte, gab ich ihr noch eine. Nach einer Weile sagte sie zu mir: Kein Mensch glaubt mehr, dass ich durchkomme und fing an zu weinen. Es sind nur die furchtbaren Schmerzen in den Beinen, nicht der Kopf, wie die Ärzte es meinen.

Ich musste ganz früh wieder nach Hause, gab ihr aber noch eine Tablette und sie schlief ein. Dadurch wurde sie gestärkt und als mein Mann dann wieder anrief, sagte die Schwester, dass Leni bei Bewusstsein ist und dass Hoffnung besteht. Mein Mann ließ ihr sagen, sie wird doch wegen so paar Knochenbrüchen nicht gleich sterben, sie ist doch seine Tochter. Als die Schwester ihr das sagte, hat sie gelächelt und sagte, ja, das ist mein Vati, der wird mir nicht Angst machen.

Als ich ein paar Tage später wieder zu ihr fuhr, hat sie mich schon angelächelt. Der Arzt kam rein und ich sagte, „nun Herr Doktor, das Wunder ist doch geschehen". Er sagte, „ja, wo niemand von uns mehr daran geglaubt hat, aber ihr Lebenswille und ihre Energie haben ihr geholfen". Kurz nachdem sie aus dem Streckverband raus war, versuchte sie zu gehen. Alles war schön geheilt. Nur ein Schenkelbruch war ein klein wenig verschoben zusammengewachsen. Der Arzt meinte, das schadet nicht. Sie sagte, ob sie auch wieder turnen können wird. Da lachte er und meinte, noch besser wie einst und an den Stellen brechen die Knochen nie mehr.

Bald sollte sie entlassen werden. Da wurde auch dieses Krankenhaus evakuiert. Sie kam nach Allenstein ins kath. Marienkrankenhaus. Dort wollten die Ärzte sie so nicht entlassen, sondern haben ihr den Schenkel noch mal gebrochen. Sie meinten, warum soll sie so ein krüppeliges Bein behalten, wenn man es gut machen kann. Sie musste wieder Schmerzen leiden. Dann war sie schon aus dem Streckverband raus und wurde noch für 14 Tage in Gips gelegt.

Was dann mit ihr geschah, konnten wir trotz all unserer Bemühungen nie erfahren.

Unser Sohn Walter

Unser zweites Kind, der Walter, hat gut in der Schule gelernt und sollte auf die Adolf Hitler Schule nach Danzig. Da wir aber nur den einen Sohn hatten, konnte man ihn ohne unsere Einwilligung nicht schicken. Und wir wollten es nicht. Als er aus der Schule kam, hat er die Lehre auf dem elterlichen Hof gemacht und auch die Prüfung.

Als der Krieg mit Polen ausbrach, mussten alle Männer von 16 bis 60 Jahren bis hinter Widminnen sich zurückziehen. Es wurde damit gerechnet, dass unser Gebiet Kampfgebiet wird. So blieb auf unserem Hof nur der Walter mit uns Frauen. Der Hans Knopf, unser Lehrling, wurde als erster eingezogen, weil er ja schon seine Militärzeit hinter sich hatte. Doch hatte er kranke Zehen zu der Zeit gehabt und wurde entlassen. Aber er musste nun mit den anderen auch fort, obwohl er sich wehrte. Ich glaube den dritten Tag sind dann alle zurückgekommen und die Mädchen haben über die ruhmreiche Flucht der Männer gespottet.

Mein Mann auf dem Weg zur Grenzschutzübung

Mein Mann hat lange vorher zu mir gesagt, wenn ich weg muss, so ist es nicht so schlimm. Der R. ist ja fünf Jahre schon bei uns, da brauchst du dich um nichts zu kümmern. Wir hatten ihre Hochzeit und später, als seine Frau starb, auch die Beerdigung ausgerichtet. Aber er war Pole. Und wenn er auch schon mit 12 Jahren nach Deutschland kam, blieb er im Grunde, wie die meisten Polen, doch falsch. Er wollte jetzt der Herr sein und den Lehrling und unseren Jungen schikanieren. Ich wusste es nicht bis dahin. Er hat sich immer nur beklagt, dass sie ihm nicht gehorchen wollen. Einmal hörte ich wieder Krach. Ich ging hin und er schrie unseren Jungen an und hat mir gleich gesagt, die Jungbauern wollen jetzt die Herren sein und ihm nicht folgen. Ohne zu fragen, gab ich unserem Jungen ein paar Ohrfeigen. Aber da sah ich wie der R. schadenfroh grinste. Unser Junge sagte nur, Mutti, du wirst es bald bereuen. Nun habe ich ein wenig aufgepasst und musste tatsächlich erfahren, dass die Jungen recht hatten. Ich habe es auch sehr bedauert, dass ich so einen großen Jungen noch gehauen habe. Nun ging es umgekehrt. Ich habe mit den beiden die Arbeit besprochen und der R. musste folgen. Er war wütend. Aber ich kannte ja die Arbeit von klein auf und es ging alles gut.

Alle kamen vom Polenkrieg zurück. Auch Onkel Max kam mich besuchen. Nur mein Mann kam nicht. Erst kurz vor Weihnachten kam er zurück.

Den Hans, unseren Lehrling, hatten wir noch ein Jahr gehabt. Er wurde nicht gleich wieder eingezogen. Den R. gab mein Mann der Frau K., denn ihr Mann wurde vermisst. Wir bekamen an seine Stelle einen polnischen Studenten. Der war sehr deutschfreundlich. Seine Schwester war in Hamburg verheiratet.

1940 musste mein Mann nach Polen als Verwalter, anstatt zur Wehrmacht. Wir hatten unsere Weißdornhecke, die durch den Frost gelitten hatte, ausgegraben. Die Jungs haben den Garten umgepflügt und ich habe ihn neu angelegt. Er ist sehr schön geworden.

Mein Mann hat alles versucht, um aus Polen rauszukommen. Er wollte lieber Soldat werden. Er konnte dort die Ungerechtigkeit, die da begann, nicht leiden. Als Kreisleiter gingen dort meistens solche hin, die ihre eigenen Höfe verwirtschaftet hatten. Sie wollten sich dort als Herren aufspielen.

Unser Junge war im April 17 Jahre alt geworden und im Oktober wurde er eingezogen. Vielleicht hätte man ihn noch gelassen, wenn wir ihn reklamiert hätten. Aber er wäre unglücklich gewesen. Er wollte so gern Soldat werden und wollte, wie er so schön sagte, auch für seine Heimat was tun. Nach seiner Ausbildung war er erst Chauffeur bei einem höheren Offizier. Da hatte er es ganz gut. Aber er sagte, darum bin ich nicht Soldat geworden. Dann wurde er in einem Erholungsheim für genesende Soldaten beschäftigt. Da ging es ihm sehr gut. Aber er hat sich immer an die Front gemeldet.

Dann kam er nach Finnland. Von dort hat er uns viele Bilder geschickt. Es ist sehr schade, dass sie mir nachher in dem Durcheinander verloren gingen. Es wird auf die SS nur immer geschimpft. Aber auf den Bildern haben die SS-Soldaten nur zugeschaut und aus jedem Kochgeschirr haben mehrere Kinder gegessen. Weder in seinem Tagebuch noch in seinen Briefen oder mündlichen Erzählungen hat er etwas Abscheuliches berichtet. Nur dass bei ihnen eine sehr strenge Disziplin herrschte, hat er oft dem Vater erzählt. Wenn ein Kamerad den anderen bestohlen hat, gab es darauf Todesstrafe.

Seine letzte Post schrieb er von Wien auf der Reise von der Schule zu seiner Einheit im Juli 1944. Was ist mit ihm passiert? Walter ist seither vermisst.

Unsere Tochter Gerda

Unser drittes Kind Gerda war nach der Schulentlassung erst kurze Zeit zu Hause. Sie war eine gute Schwimmerin, bekam schon mit neun und dann noch einmal mit elf Jahren eine Auszeichnung. Sie hat auch nähen gelernt und ist dann in einen fremden Betrieb in die Hauswirtschaftslehre gegangen. Zwischendurch hat sie die Mädchenklasse der Landwirtschaftsschule besucht und anschließend noch einen Austausch auf einem Lehrbetrieb in Tirol gemacht.

Wir bekamen dafür zwei Tiroler Mädchen, weil eine allein die weite Reise nicht machen wollte. Es war am Anfang für Gerda sehr schwierig, da bei uns die Frauen schwere Männerarbeiten wie mähen usw. nicht gemacht haben. Auch die ganze Lebensweise war anders. Z. B. haben alle gemeinsam aus einer Schüssel gegessen. Sie schrieb nach Hause, mich kann nichts mehr erschüttern. Sie hat aber dort auch lustiges erlebt. Ganz was Besonderes war es für sie damals, einem Mädel von 17 Jahren, als sie in Königsberg im Rundfunk von ihrem Austausch erzählen durfte.

Zwischendurch holte sie die mittlere Reife in Marienburg nach. Dann ging sie auf die Landfrauenschule nach Wittingen. Erst muss ich noch erzählen, was ihr auf ihrem Lehrbetrieb passiert ist. Sie waren zwei Lehrmädchen und schliefen auch in einem Zimmer. Plötzlich bekam Gerda einen Ausschlag. Sie ist zum Arzt gegangen. Der meinte, es wäre Kalkmangel und sie bekam Spritzen. Aber der Ausschlag verschwand nicht. Dann bekam sie Urlaub und kam nach Hause. Zu Hause verschwand der Ausschlag, aber dort kam er wieder. Doch eines Tages hat sie in ihrem Bett was laufen sehen. Sie rief das andere Mädel und auch die Hausfrau kam und sie haben Wanzen festgestellt. Da bei der Anderen keine waren, hieß es, die Gerda hat welche mitgebracht. Nun aber war sie beleidigt. Sie konnte ihnen aber beweisen, dass sie zu Hause den Ausschlag verloren hatte. Nun kam es aber raus, dass der Ausschlag kein Ausschlag, sondern Wanzenstiche waren. Durch die Kalkspritzen wurden die Wanzen noch besser ernährt. Es stellte sich dann heraus, dass die Wanzen vom Schuster waren.

Von Wittingen kam sie im November nach Pustnik, wo ich mit den zwei Jüngsten evakuiert war und brachte ihre Koffer mit und wollte mir helfen, nach Bayern zu reisen. Doch ich bekam kurz vorher von meinem Mann Post. Der Gauleiter wäre bei ihnen gewesen und hat ihnen gesagt, zur Frühjahrsbestellung sind sie wieder alle zu Hause. Ich gab ihr den Brief und sagte, wenn es wirklich so ist, kann ich doch jetzt nicht alles im Stich lassen. Denn dann geht alles verloren.

Außerdem sind alle Nachbarn noch hier. So ist sie wieder zurück und kam zu Weihnachten auf Urlaub. Ach, wären wir doch gefahren. - Es wäre uns so viel erspart geblieben. -

Unsere Tochter Ursula

Unser viertes Kind Ursula ist 1933 geboren. Man lachte damals von uns, dass wir sie dem Hitler als Geschenk brachten. Sie war die schwächste von unseren Kindern. Dafür aber flink und sehr neugierig. Mit neun Monaten konnte sie schon laufen. Sie musste überall dabei sein. Vielleicht auch deshalb, weil die anderen schon größer waren und sie bisschen verwöhnten. Gerda musste ihre Schlittschuh anschnallen und sie dann mit dem Schlitten auf dem See fahren. Aber sie war auch nicht ängstlich. Wenn wir sie oben schlafen gelegt haben und Gebetchen gesagt hatten, dann sagte sie nur, kannst gehen, jetzt schläft der Herr Jesus mit mir.

Schlimm war es als sie zur Schule kam. Der Lehrer wurde eingezogen. Da sollte sie bei Tante Ida bleiben und in Bunhausen in die Schule gehen. Am Anfang ging es. Dann wollte sie nicht. Es gab immer Tränen, wenn sie zurück sollte. Dann kam wieder ein Lehrer. Aber nur für kurze Zeit. Wir wollten sie auf die Schule nach Treuburg geben. Doch die war überfüllt. Sie sollte die Aufnahmeprüfung machen und nach Suwalki gehen. Das war in dem von Deutschen besetzten Polen. Dort wollten wir sie nicht geben. Meines Mannes Cousin hatte einen Lehrer in Merunen. Dort gaben wir sie für eine Zeit hin. Die letzte Zeit vor der Flucht war sie wieder zu Hause.

1943 hatte sie eine schwere Rippenfellentzündung mit Vereiterung und musste ins Krankenhaus. Die Ärzte haben sie gelobt, dass sie so brav und tapfer war. Sie hat beim Punktieren keinen Muckser gemacht und lachte, wenn die Anderen geschrien haben.

Unsere vier ältesten Kinder Leni, Walter, Gerda und Ursel

Unsere Jüngste Erika

Unsere Jüngste, Erika, ist 1939 geboren. Sie war noch keine 14 Tage alt, da musste mein Mann zu einer Wehrmachtsübung. Anschließend zum Polenfeldzug. Die Kleine musste getauft werden, aber der Pfarrer war eingezogen. Seine Frau erzählte uns, dass er in Urlaub kommen sollte. Da ist die Leni fast jeden Tag mit dem Rad nach Herzogskirchen gefahren. Aber er war immer noch nicht da. Einen Samstag brachte sie die Nachricht, dass er am Sonntag bestimmt kommen soll. Ganz früh fuhr sie noch einmal. Sie kam zurück und wir fuhren zur Taufe. Als Patin nur ihre Schwester Leni und ich. Es gab keine Tauffeier wie bei den anderen. Hauptsache war, sie war gesund.

Meine Mutter wurde immer schwächer und konnte sich nicht mehr so um sie kümmern wie sie es früher bei den älteren Kindern getan hat. Und mir blieb auch wenig Zeit für sie übrig.

Unsere jüngste Tochter Erika

Große Sorgen um Irmchen

Dann ist bei meiner jüngsten Schwester Frieda das Wohnhaus abgebrannt. Sie mussten in einer Notwohnung im Stall wohnen bis sie sich ein neues Haus bauen konnten. Ihr Mann war Soldat. Sie hatte ein Baby. Das war noch nicht mal ganz gesund. Kurze Zeit war es im Krankenhaus, dann sollte es nach Hause. Aber in die jetzige Wohnung konnte sie das Kind nicht nehmen. So habe ich das Kind geholt. Der

Arzt sagte mir aber gleich, nur gute Pflege kann das Kind evtl. am Leben erhalten. Meine Schwester hat schon ihr erstes Kind verloren. Nun wollte ich ihr dieses Kind gesund pflegen. Ohne zu übertreiben, kann ich wohl sagen, dass ich mit diesem Kind mehr Arbeit und Sorgen hatte als mit meinen eigenen bis dahin. Es wurde immer kränker und besonders die Nächte waren schlimm. Oft meinte mein Mann und ich, es geht zu Ende. Meine Mutter wurde auch immer kränker. Um meine zweijährige Erika, die ja gesund war, habe ich mich gar nicht kümmern können. Da wurde sie auf die Kleine eifersüchtig, was ja auch verständlich war. Sie hat sie oft mir vom Schoß reißen wollen. Da hat dann mein Mann helfen müssen. Es war für mich nur ein Glück, dass ich ein gutes Polenmädchen als Hausmädchen hatte, die war aus einer besseren Familie, hatte Kochen und Kinderpflege gelernt und konnte mir viel helfen.

Doch unserem Bürgermeister war sie ein Dorn im Auge. Warum, das würde hier zu weit führen. Als ich für kurze Zeit die zwei Tiroler Lehrmädchen bekam, musste das Polenmädchen nach Berlin als Fabrikarbeiterin, obwohl er genau wusste, dass die Mädels bald zurückfahren müssen. Sie ist dort bald durch Bomben umgekommen. Sie schrieb bis zuletzt.

Ich bin jede vierte Woche mit der Kleinen zum Arzt. Das Fieber hat sie langsam verloren. Aber der Arzt hat mir immer noch keine Hoffnung gemacht. Im Gegenteil. Dann fing sie an zu sprechen. Als der Arzt das hörte, war er so froh. Dann erst sagte er, wir haben es geschafft. Schreiben sie der Mutter. Und ihre Mutter und Opa sind gleich gekommen. Ich sehe noch heute, wie der Opa sie auf dem Arm trug.

Aber meine Erika war mir in der Zeit irgendwie entfremdet. Ich merkte, dass sie jetzt lieber zum Vati als zu mir kam. Und so blieb es. Es tat mir oft weh, wenn sie sagte, „ja, mit den Anderen hast gespielt und für mich hast du keine Zeit". Meine kleine Nichte, es war ja Irmchen, hatte mich aber so lieb wie eine Mutter und wir haben beide geweint, als wir uns trennen mussten. Aber ich war glücklich und vergaß alle Ängste, die ich ausgestanden hatte, als ich sie völlig gesund ihrer Mutter zur Hauseinweihung bringen konnte.

Es war ein schönes Haus, das sie mit viel Mühe und Entbehrungen in der damaligen Kriegszeit aufgebaut haben.

Unsere Familie wird kleiner

Unsere Familie wurde immer kleiner. Von den Kindern waren nur die zwei Jüngsten zu Hause.

Zu Hause am See

Wir waren immer mehr auf die Ostarbeiter angewiesen. Lehrlinge gab es keine mehr. Erst hatten wir Gefangene. Der eine war ein französischer Architekt. Er verstand überhaupt nichts von der Landwirtschaft. Aber meinem Mann tat er leid. Er sagte, der kommt im Lager um. Es war ein sehr feiner Mensch und meinem Mann dankbar, dass er ihn behielt. Aber dann hat er sich die Hand verstaucht und musste ins Krankenhaus. Jetzt kam ein französischer Kaufmann, über 50 Jahre alt. Er war sehr flink wie ein Junge von 20. Da sein Magen nicht in Ordnung war, sollte er ausgetauscht werden. Doch er wollte nicht, denn seine Familie und sein Haus waren im Krieg umgekommen. Aber es half nichts. Er musste fort.

Kriegsgefangene als Arbeiter auf dem Hof

Da jetzt im Dorf keine männlichen Arbeiter mehr waren, hat mein Mann zwei ukrainische Ostarbeiter gebracht. Der eine war ein Oberlehrer, der freiwillig nach Deutschland kam, um nicht in die russische Armee gehen zu müssen. Er war noch jung, hat seine Familie verlassen. Der andere war ein Bauer von 56 Jahren. Es waren treue Arbeiter. Nur hat der Ältere dauernd Magengeschwüre gehabt. So hat ihn mein Mann nur noch zum Viehhüten im Herbst geschickt. So konnte ich ihm auch andere Verpflegung geben. Er hatte so schweren Namen. Da haben wir ihn Peter getauft. Wenn er das Vieh nach Hause brachte, rief ich nur „Peter" da wusste er schon, dass ich ihm Essen geben wollte bevor die Anderen kamen. Er hat mir aber auch jede Arbeit von den Augen abgelesen. Er war rührend. Dann durfte er nicht mehr aufs Land. Er bekam leichte Arbeiten in der Stadt, z. B. Markt fegen. Wenn er uns in die Stadt kommen sah, da rief er „mein Pan kommt" und lief wie ein kleiner Junge. Er half die Pferde ausspannen und bekam immer ein Päckchen. Oft hatte er Tränen in den Augen und wir auch.

Wir bekamen dann noch einen 18jährigen Polen. Der war falsch. Nur der ukrainische Lehrer hatte ihn fest in der Hand. Als es immer schlimmer wurde, mussten alle an die Grenze zum Schippen. Unsere Beiden kamen zurück. Aber der Peter war verschwunden. Den haben die Russen gefangen oder erschossen. Da wir weiter von der Hauptstraße entfernt wohnten, sind viele Ausländer, die aus den Lagern oder auch von der Arbeit geflüchtet sind, dort vorbeigelaufen.

Da alles nur Frauen in der Umgebung waren, kamen sie zu meinem Mann und meldeten, wenn sie Partisanen, wie die Leute genannt wurden, gesehen haben. Mein Mann musste es weitermelden. Meistens waren sie weg bis die Polizei kam.

Es wurde unter den Ostarbeitern bekannt, dass unsere Leute nie misshandelt oder sonst irgendwie schlecht behandelt wurden. Wir haben sie wie alle früheren Arbeiter behandelt. Nun kamen manche nachts und haben ans Fenster geklopft und haben uns dann gezeigt, wie sie misshandelt wurden. Die Namen der Arbeitgeber werde ich lieber nicht nennen. Aber es war tatsächlich schlimm. Mein Mann konnte ihnen nicht helfen. Manchmal hat er ihnen aber einen Rat gegeben. Kurz darauf hat ihm aber der Zellenleiter gesagt, „mach mal weiter so, da wirst du sehen, wohin Du kommst". Mein Mann wusste gar nicht, was der meinte. Dann kam aber Herr P., ein Polizist aus Herzogskirchen, der mit meinem Mann und unserer Familie gut befreundet war und sagte zu meinem Mann: „Weißt Du, dass Du auf der schwarzen Liste stehst?" „Ja, warum denn", fragte mein Mann. „Die Ostarbeiter nimmst Du in Schutz." Da wurde mein Mann ärgerlich und sagte, „schließlich sind es Menschen und kein Vieh". Der sagte nur, „ich habe Dich gewarnt, behalte es für dich".

Ein Partisan verfolgt mich

Es war im Herbst 1943. Wir brauchten einen Schlachtschein. Da die Männer beim Kartoffeleinfahren waren, bin ich gegen Abend gegangen, den Schein zu holen. Der Bürgermeister wohnte zwischen Groß- und Kleinheinrichstal. Ein Einzelhof. Es wurde plötzlich sehr neblig. Der Bürgermeister war noch nicht zu Hause und so musste ich warten. Als ich endlich den Schein bekam, war es ganz dunkel und dichter Nebel.

Der Hans Knopf, unser Lehrling, war bei uns in Urlaub und unsere Leni war gerade auch zu Hause und die versprachen, mir entgegenzukommen. Ich hatte gar keine Bedenken. Hatte so eine kleine Taschenlampe, Frosch genannt, und suchte mir den Weg. Auf einmal kam ich aber vom Weg ab, der zur Straße führte und suchte nach rechts und nach links und fand ihn nicht. Dann schien mir, als wenn nicht weit ein Baum vor mir stand und dachte, das ist dann die Abzweigung, die zur Straße führt. Doch als ich weiter ging war da kein Baum. Nun wusste ich überhaupt nicht wo ich war. Dann kam ich auf einen gepflügten Acker. Und plötzlich stand, vielleicht einen Meter vor mir, ein Mann mit einem Mantel umgehängt, wie die Gefangenen sie trugen. Ich fragte ihn, ob ich hier richtig zur Landstraße komme. Ich dachte, es ist einer von den Gefangenen aus dem Gut und der geht ins Lager. Doch der gibt mir keine Antwort und geht an mir vorbei weiter. Ich frage ihn noch einmal, aber er schweigt. Ich blieb stehen und schaute ihm nach. Ich stand tiefer und er höher. Ich konnte ihn gut sehen. Plötzlich blieb er stehen, kehrte um und lief zurück, auf mich zu. Ich dachte, irgendwo muss doch die Leni und der Hans kommen. Ich schrie aus Leibeskräften ‚huhu' und legte mich auf den gepflügten Acker in die Furche. Ich hatte dunklen Mantel an, bedeckte Hände und Gesicht, nur dass ich noch etwas sehen konnte. Der Mann blieb paar Meter vor mir stehen und wusste nicht wo ich geblieben war. Ich konnte ihn von unten trotz Nebel gut sehen. Er stand und ich lag und ich dachte mir, wer hält es länger aus. Dann fing er an im Kreise zu gehen. Da dachte ich, liegst wie ein Soldat auf Posten und der Feind schleicht um dich herum. Aber dann wurde der Kreis immer kleiner und ich bekam jetzt Angst. Ich hörte dem Hans seine Trillerpfeife, aber ganz weit weg. Jetzt sprang ich hoch, schrie nochmals und rannte was ich konnte. Es war mir gleich wohin, nur weg. Ich hatte ja die kleine Taschenlampe wenigstens. Ich schaute mich um und sah, dass er mir nachlief. Ich war ja flink. Ich wusste, jetzt laufe ich um mein Leben und die Knie zitterten. Doch dann kam ich an eine Grabenkreuzung. Da musste ich lachen, so froh wurde ich. Ich wusste, in einen der drei Gräben wird er reinfallen, weil er keine Taschenlampe hat. Und es war so. Ich hatte Vorsprung gewonnen. Dann kletterte ich unter einen Stacheldrahtzaun, wo er in der Dunkelheit mir nicht folgen konnte. Nun wusste ich erst recht nicht, wo ich war. Gern wäre ich zum See gegangen, dann konnte ich die Richtung nicht verfehlen. Statt dessen kam ich eine Böschung runter auf eine feste Straße. Nach dem langen hin und her dachte ich, es müsste Herzogskirchen sein. Die Gebäude sahen so riesig in der Dunkelheit aus. Doch dann sah ich den Wegweiser und musste laut lachen vor Freude. Am Gutshof in Großheinrichstal war ich.

Hätte ich es gleich Herrn B., dem Gutsbesitzer, gemeldet, so hätte eine große Jagd auf den Menschen begonnen. Aber ich wusste nun wie es ist, wenn man verfolgt wird. Als ich nicht weit von unserem Dorf war, kam der Hans K. mit dem Rad und einer Laterne mich suchen. Er fragte mich, wo ich war. Ich sagte nur, beim Bürgermeister, das wisst ihr doch. Aber Leni und Hans waren schon zweimal da, meinte er. Im Ort begegneten wir Leni und Hans. „Mutti wo warst Du?" Ich lachte und sagte, „kaum bin ich von Hause weg, dann geht ihr alle mich suchen". Aber nun sahen sie meine Schuhe und sind erschrocken. Erst zu Hause erfuhren sie alles.

In der letzten Zeit liefen viele der Entlaufenen zur Grenze und wurden meistens von Kindern gesehen.

Im Haus hatte ich eine Litauerin zur Hilfe. Sie war langsam, aber sonst sehr ordentlich und ehrlich. Die erste Zeit war sie sehr still und sprach sehr wenig. Erst später erzählte sie mir, dass sie in Frankreich einen Mann und ein Kind hat. Sie kam nach Litauen, um ihre Eltern zu besuchen und wurde dann von den Deutschen festgehalten und nach Deutschland geschickt. Mit unseren männlichen Ostarbeitern hat sie fast nie gesprochen. Es sah aus, als wenn sie sich gegenseitig hassten. Nur mit einem Litauer, der bei einem Nachbarn war, hatte sie Kontakt. Um so erstaunter waren wir, als wir plötzlich sahen, dass sie schwanger war. Sie wollte nicht verraten wer daran schuld war.

Da unsere größeren Kinder aus dem Haus waren, hat mein Mann mir noch eine Ostarbeiterin zur Hilfe gebracht, weil er ja selbst so viel zu tun hatte, dass er wenig zu Hause war. Es war eine Weißrussin deren Mann in der deutschen Wehrmacht diente. Die wurde aber plötzlich sehr phlegmatisch und bald stellte sich heraus, dass sie auch schwanger war. Anfang September hat die Anna, die Litauerin, entbunden. Als das Kind am Leben blieb und mein Mann sie aus dem Krankenhaus holte, erzählte sie ihm, dass der Ukrainer der Vater war. Aber er darf das Kind nie sehen. Sie hasste ihn. Was sollte man da machen. Mein Mann sagte - abwarten. Und es ging auch alles gut.

Die Ernte war drin, die Kartoffelernte und Rübenernte fast beendet. Da wurde mein Mann wieder eingezogen. Ich blieb mit vier Fremdarbeitern und meinen zwei jüngsten Kindern allein. Ursel, 11 Jahre und Erika knapp 5 Jahre. Mein Mann hat sein Motorrad mitgenommen und kam an einem Nachmittag plötzlich nach Hause. Er sagte mir, ich soll die Wagen fertig machen lassen, damit man sie dann schnell beladen kann, wenn es soweit ist. Denn er glaubte, dass wir bald von zu Hause weg müssen. So ließ ich einen Wagen lang machen und auf einen ein Zeltdach machen für die Kinder und die Esswaren.

Nun warteten wir was kommen wird. Oskar G. von Treuburg, ein Cousin von meinem Mann, kam eines Tages mit einem Fleischergehilfen und hat sich ein Schwein geschlachtet. Er wollte auch seine Familie versorgen bevor es weiter ging. Er ließ mir noch einen Teil Fleisch übrig, das ich noch schnell zu Wurst und Sülze verarbeitet habe. Flüchtlinge kamen schon jeden Tag vorbei. Viele hatten nicht mal Zeit, Essen mitzunehmen. So haben sie dann bei uns Brot gebacken und geschlachtet, denn wir hatten ja noch alles.

Die Flucht

Dann eines Sonntags, ich glaube, es war der 22. Oktober 1944 Vormittag, hörten wir, dass die Großheinrichstaler packen und sich zur Flucht rüsten. Der Bürgermeister hätte es befohlen. Weiter hörten wir nichts und wussten auch nicht, ob es stimmt. Erst gegen Abend wurde es auch in Kleinheinrichstal bekanntgegeben. Am nächsten Tag früh um 7 Uhr soll alles Vieh wegkommen und um 9 Uhr müssen alle schon am Gut mit ihren Fuhrwerken sein.

Dies war einer meiner schwersten Tage. Obwohl unser Ukrainer die meiste Furcht vor den Russen hatte, war er der Einzige, der mir jetzt half. Jetzt war zu entscheiden, was man mitnehmen soll und was da lassen. Denn damals haben wir nicht ahnen können, dass wir alles für immer verlassen werden.

Auf dem Hof war ein Brunnen, von dem wir nach den Ställen und auch ins Haus die Wasserleitung hatten. Da waren drei große Rohre eingelassen. Das Wasser stand immer fast einen Meter über der Erdoberfläche. Dort habe ich vieles versteckt. Im Hühnerstall, im Brutraum, hatte der Waschil, der Ukrainer, die Ziegel weggetan, ein großes Loch gegraben und dort haben wir außer Geschirr und Bienenhonig auch einige Kochtöpfe reingetan. Dann haben wir Bretter drüber gelegt und dann die Ziegelsteine drüber und noch etwas Stroh verstreut. Vielleicht steht es heute noch, wenn die Bretter nicht verfault sind. Das alles durfte aber der Felix, der Pole, nicht sehen, denn der war falsch. Er hat immer prophezeit, dass wir Deutschen nichts mehr brauchen werden. Ich wollte nur alles aus dem Haus haben, im Falle wenn es brennen sollte. Deshalb habe ich vieles in die Flachsgrube getragen und auch in den See und in den Graben geworfen. Denn ich hoffte ja, es mal wieder rauszuholen. Dann wurden die Wagen bepackt. Der Hof und das Haus war voller Flüchtlinge. Die Kinder habe ich schlafen geschickt. Eine von den Flüchtlingsfrauen fragte mich, ob ich kein Geflügel schlachten wolle zum Mitnehmen. Aber ich war sehr müde und habe mir noch mein Schienbein an einem Flüchtlingswagen so sehr zerschlagen, denn es durfte ja kein Licht gemacht werden. So habe ich mein Schienbein bis 11 Uhr nachts gekühlt und dann wurde die Flüchtlingsfrau mit Brotbacken fertig und wollte mir beim Geflügelschlachten helfen. So haben wir beide noch einige Gänse und Enten fertiggemacht.

So verging die letzte Nacht zu Hause. Meine beiden Frauen, die mir helfen sollten, hatten mit sich selbst zu tun. Die Anna musste ja für ihr kleines Baby sorgen und mit der anderen war nichts anzufangen. Endlich wurde das Vieh vom Hof getrieben.

Jetzt ging es ans Anspannen. An einen Wagen kamen drei Pferde. An den anderen auch drei. Aber die dreijährige Stute, der Stolz meines Mannes, war so übermütig und konnte kaum gebändigt werden. Zum Glück kam mein Cousin und half uns. Er war aus Seefrieden und wusste noch nichts von flüchten. Die Stute sprang und tanzte und hat sich dabei sehr schwer verletzt. Das kleine Fohlen ließen wir zu Hause, denn es wäre sowieso von Autos überfahren worden.

Zu Hause blieben nun noch das Fohlen, 24 Schweine, 12 Schafe, 80 Hühner, 26 Gänse, 18 Enten und 16 Truthühner. Scheune, Ställe und Weidegärten ließen wir offen. So konnten alle Tiere Futter finden.

Endlich war es soweit. Aber nun konnten wir nicht weg, denn vor dem Hoftor und auf der Straße bis zum Friedhof stand ein Flüchtlingswagen am anderen. Die kamen von der Grenze her und wollten Rast machen. Die Frauen riefen mir zu, ob ich denn das alles hier lassen will und ob sie aus den Schränken was nehmen können. Ich sagte nur, ja, wenn sie was brauchen. Also ließen wir Hof und Haus voller fremder Menschen und wir mussten durch das Tor, wo wir sonst aufs Feld fuhren, raus. Im Dorf mussten wir noch eine Familie mitnehmen. Als wir dann ans Gut kamen, waren alle anderen fort. Nur der Bürgermeister war da. Der ließ uns nicht vorfahren, sondern fuhr selbst vor uns. Er hatte aber so viel geladen, sogar lebende Schweine, dass seine Pferde es nicht schafften. Unsere Pferde waren schnelles Fahren gewöhnt und nun mussten sie jeden Augenblick stehen bleiben. Da sprangen sie hoch und wollten dann gar nicht mehr anziehen. Der Bürgermeister fing an zu schimpfen und seine Tochter fing an, auf meine Pferde einzuhauen. Da riss mir die Geduld und ich sagte ihm: Er ist Bürgermeister und sollte sich um uns Frauen kümmern wie es bis dahin mein Mann gemacht hat. Er weiß ganz genau, dass meine Männer nicht verstehen mit Pferden umzugehen. Seine Peitsche brauche ich nicht und meine Pferde auch nicht. Er soll wenigstens den Weg frei machen.

Wir durften keine festen Straßen fahren, nur Feldwege. Ich ging in dem Nachbardorf in Sargensee zu einem Bauern und bat ihn um Hilfe. Erst sagte er, es tut ihm leid, er muss dreschen, um Hafer für seine Pferde zu bekommen, denn morgen müssen sie auch weg. Aber als er meinen Namen hörte, schickte er sofort einen Mann und zwei Pferde und befahl ihm, mir bis zur Ortsstraße zu helfen. Wir haben dann den Bürgermeister stehen gelassen, obwohl er sehr geschimpft hat und haben die anderen eingeholt.

Die erste Nacht haben wir in Schwentainen übernachtet. Die Männer und Pferde blieben an den Wagen. Als ich nächsten Tag an die Wagen kam, sah ich rundherum lauter Gummikappen liegen. Habe mich gewundert, wer sie verstreut hat. Da kam der Ukrainer mit Schimpfen. Unser Felix, der Pole, hat von unserem Proviant, den ich für unterwegs fertiggemacht habe, an andere Polen verteilt und unseren Most zum Trinken gegeben. Er wollte sich groß tun was er alles auf seinem Wagen hat.

Die zweite Nacht haben wir in einem Arbeitslager für Frauen verbracht. Der Waschil hat Kartoffeln geschält und ich habe Gans und Ente gebraten. Nun hatten wir wieder was. Von meinen Frauen hatte ich keine Hilfe. Musste sie noch bedienen. Manchmal hatte ich schon Lust, sie in einem Quartier zu lassen, anstatt sie zum Essen zu rufen. Aber sie taten mir auch leid. Die Anna musste bei dem schlechten Wetter die Windeln fürs Kind um ihre Brust legen und sie dort trocknen. Und die Andere war mit dem ersten Kind schwanger und wusste nicht, wo sie hinkommt.

Den Kindern hat die ersten Tage die Fahrt Spaß gemacht. Aber dann wurden sie auch müde. Ich habe das kranke Pferd einem Händler in Widminnen abgegeben. Er versprach mir 4000 Mark zu geben, wollte aber einen Tierarzt aufsuchen, um festzustellen, ob es tatsächlich nur eine Fleischwunde ist. Ich musste aber in dem Treck weiterfahren ehe er zurückkam. Er gab mir aber seine Anschrift. Als mein Mann ihn später aufsuchte, sagte er, das Pferd hätte sich ihm losgerissen und ist fort.

Die Kuh, die wir noch einige Tage mitgeführt hatten, um Milch zu haben, ließen wir auch laufen, denn um vorwärts zu kommen, mussten wir doch feste Straßen aufsuchen. Und die waren so voller Wehrmacht, dass man kaum durchkam. Da ich so schlechte Kutscher hatte, sie mich aber nicht fahren ließen, aber selber immer aus der Reihe fuhren, wollten die Soldaten sie in den Straßengraben werfen. So musste ich fast immer zu Fuß gehen und auf die beiden aufpassen. Als ich dann, es war wohl schon der vierte oder fünfte Tag, in den Wagen zu den anderen ging und die Heika, unsere Schäferhündin, uns nicht sehen konnte, lief sie am ganzen Treck entlang und suchte uns. Dann verschwand sie. Als mein Mann eines Tages frei hatte und nach Hause kam, fand er die Kuh und auch die Heika da. Die haben beide nach Hause gefunden.

Wir hatten die ganze Fahrt noch Glück gehabt. Wir wurden von Fliegern nicht beschossen, mussten aber oft sehen, wie andere Trecks beschossen wurden und was da alles passiert ist. Es war oft schrecklich, dies zu sehen.

Evakuiert in Pustnik

Acht Tage waren wir schon unterwegs. Da kam schlechtes Wetter. Die Kinder mussten im Wagen bleiben. Da fing auch unsere Erika an zu weinen und das nachzureden, was sie die ganze Woche von den anderen immer gehört hatte: Warum ist unser Vati nicht hier und der Bürgermeister im Krieg, dann wären wir schon längst in Pustnik. Endlich kamen wir in Pustnik, Kreis Sensburg, an. Es war spät. Ich bat die damalige NSV-Leiterin, ob sie nicht für die ganzen Kinder eine warme Milchsuppe oder sonst eine Suppe machen lassen kann, statt Kaffee, weil die meisten von uns die ganzen Tage nur trocken und kalt gegessen haben. Die gab es dann auch. Wir lagen alle in der Schule. Nächsten Tag wurden wir dann verteilt.

Es war dort ein Gut von über 2000 Morgen. Auf diesem Gut blieb der stellvertretende Ortsbauernführer mit Familie T. und der Familie von unserem Gut, B. Da ich nur Frau mit zwei kleinen Kindern war und mich am wenigsten wehren konnte, hat man mich am weitesten vom Ort geschickt. Es hieß, nur zwei km weit, dann waren es aber vier km und noch durch den Wald.

Unser Bürgermeister kam erst den zweiten oder dritten Tag an. Das Vieh aus unserer Gemeinde war auch in den Weidegärten vom Gut. Die meisten von unseren Kühen haben im Herbst gekalbt. Der ostpreußische Spätherbst war kalt. Die Kälber starben. Die Euter der Kühe waren entzündet. Die Kühe brüllten. Aber wer sollte helfen. Die

Bäuerin, bei der wir untergebracht waren, war noch jung. Ihr Mann war vermisst. Sie ging oft in den Weidegarten mit unserem Waschil, um unsere Kühe zu melken. Ich sagte ihr, sie soll doch welche von unseren nehmen und ihre dort rein tun. Wir hatten keine Kuh unter 25 l Milch. Aber sie wollte nicht. Es war dort eine arme Gegend. Die Kühe waren alle so klein und sie hatte Angst, dass sie uns dann nach dem Krieg zwei für eine Kuh geben muss. Es hat ja niemand anders gedacht, als dass dies alles nur vorübergehend ist.

Ich bin einmal ins Dorf gegangen, um einzukaufen. Plötzlich hörte ich vor dem Fenster ein Schreien und Durcheinanderrufen und auch meinen Namen. Als ich ans Fenster trat, sah ich, wie fast alle Frauen aus unserer Gemeinde meinen Mann umringt hatten und sich gefreut haben. Es war rührend schön das Bild. Er kam in Urlaub. Nun sah er, wie weit weg man mich einquartiert hatte und sagte mir, ich möchte doch dafür sorgen, dass ich ins Dorf komme, sonst werde ich gar nicht gewahr, wenn der Russe kommt.

Als dann alle die kein eigenes Fuhrwerk, aber kleine Kinder hatten, weiterfahren mussten, zogen wir in die Oberstube der Schulwohnung ein. Unsere Litauerin ist auch mitgefahren. Die zweite meiner Frauen ist zu ihrem Mann nach Allenstein gefahren. So konnte ich mit meinen zwei Kindern dies kleine Zimmer beziehen. Erst schliefen wir alle in einem Zimmer bei der Bäuerin, außer den beiden Männern. Die Lehrersleute waren sehr nett. Was aus meinen beiden Frauen geworden ist, weiß ich nicht. Von Allenstein bekam ich einen Brief von der Wehrmacht, ich soll doch die Deutschrussin wieder aufnehmen. Sie können sie dort in ihrem Zustand nicht gebrauchen. Ich schrieb ihnen meine jetzigen Verhältnisse und sagte auch, sie möchten dafür sorgen, dass sie in ein Krankenhaus kommt.

Unsere beiden Männer mussten mit den Arbeitspferden und den Wagen zurück nach Hause zum Dreschen. Als sie wieder kamen, brachten sie uns Fleisch von Schafen und einige abgeschlachtete Hühner und Gänse mit. Ich habe das meiste verschenkt. Dann wurde das Vieh aus den Weidegärten nach Allenstein getrieben Unser Felix musste auch helfen. Unsere Kühe hatten alle Blumennamen. Die älteste hieß Aster. Und diese Aster meinte wohl, dass es nun endlich in den warmen Stall geht und ist allem Vieh voran gelaufen und alle anderen hinterher. Als Felix zurückkam, mussten sie wieder mit Wagen und Pferden nach Hause zum Dreschen.

Noch einmal zurück auf den Hof

Kurz vor Weihnachten durfte jeder noch nach Hause um sich etwas zu holen. Es ging nachts ein Extrazug. Da die jüngeren Frauen schon alle mehrmals mit Rädern oder auch manchmal noch stückweise mit der Bahn zu Hause gewesen sind, bin ich allein gefahren.

Der Bürgermeister hat gerade unsere Männer mit einem Wagen zur Bahn geschickt. Als die mich sahen, haben sie sich wie kleine Buben gefreut. Die haben für mich einen dicken Hefekuchen gebacken und mich erst mal mit Kaffee bewirtet. Dann aber ging das Erzählen los. Sie beklagten sich, dass unsere Pferde und besonders sie beide immer die schwersten Arbeiten machen müssen. Besonders haben sie auf die Frau vom Bürgermeister geschimpft. Warum die dort war, konnte keiner verstehen. Damit unsere Männer keine Eier essen konnten, hat sie unsere Hühner nach Herzogskirchen hingeschafft. Nächsten Tag fuhr ich dann und wollte auch für mich welche mitnehmen. Ich wusste aber nicht wo sie hinkamen. Nun traf ich gerade die Frau Bürgermeister unterwegs und fragte nach ihrem Mann. Da gab sie mir zur Antwort: „Ich weiß es nicht, ich kümmere mich doch nicht um ihn." Da sagte ich: „So, um ihren Mann kümmern sie sich nicht, aber um meine Hühner, da haben sie sich gekümmert." Fing die da das Schimpfen an. Die Ausländer sollen Eier und Hühner essen und unsere Soldaten müssen hungern. So, sagte ich, ihr Horst muss dann wohl allein hungern, denn bis jetzt habe ich noch von keinem das gehört. Ich fand die Hühner trotzdem. Ein Mann musste sie betreuen und schimpfte, was er mit ihnen machen soll. Ich sagte nur, das müssen sie unseren Bürgermeister oder besser seine Frau, fragen, nahm 10 Hühner und fuhr nach Hause. Fünf wollte ich mitnehmen und fünf den Männern lassen.

Als ich nach Hause kam, ging ich auf den Speicher, um zu sehen was noch alles da war. Mit eine Mal schreit der Waschil „Unser Pan kommt!" Nun hörte ich auch das Motorrad meines Mannes.

Im Haus und auf dem Hof sah es schlimm aus. Mir taten die Möbel so leid, doch mein Mann sagte, wenn nichts Schlimmeres passiert, dann sind wir zufrieden. Ich habe für uns alle Mittag gekocht und dann abends fuhr mein Mann nach einer Richtung und ich nach der anderen. Dies war der letzte Tag zu Hause.

Erst später erfuhr ich, warum die Frau des Bürgermeisters so böse war. Das Fleisch, das sie von zu Hause mitgenommen hatte, ist ihr schlecht geworden. Nun hat sie es wieder mitgebracht und hat es für die Ostarbeiter kochen wollen und das frische Fleisch mitnehmen. Und gerade unser Waschil sagte, es darf keiner das Fleisch essen. Es ist verdorben. Dumm war er nicht, war ja Oberlehrer zu Hause. Da hat dann auch niemand das Fleisch gegessen, es lief ja damals genug lebendes Fleisch herum. Unsere Mastschweine sollen Soldaten mitgenommen haben.

Als wir den fünften Tag unterwegs waren, rief einer von den vorbeifahrenden Soldaten meinen Namen. Ich blieb stehen und wartete. Dann sagte er: „Gestern haben wir Ihre Schweine geholt. Sie brauchen sich nicht um sie sorgen." Es war einer von denen, die lange bei uns im Ort waren. Zum Wochenende habe ich ihnen oft Kuchen gebacken und manchmal auch Eier gegeben. Einmal haben wir ganzen Samstag gebacken und Sonntag dann zwei Milchkannen frische Milch und Kuchen gegeben. Es waren so viele. Ein Kuchenblech musste für acht Mann reichen. Geschlafen haben sie in der Scheune. Aber gefreut haben sie sich sehr. Als die anderen Soldaten vom Nachbarn kamen, sagten sie, wir müssen jede Kartoffel bezahlen und ihr lebt wie im Märchenland. Das haben wir dann, wenn es so viele waren, nicht mehr so gemacht, sonst wäre nur Ärger entstanden. Sie haben auf dem Hof in der Feldküche gekocht und es blieb immer viel übrig und sie haben den Rest für unsere Schweine ausgekippt. Hungern brauchten sie im letzten Krieg nicht.

Mein letzter Besuch bei Leni im Krankenhaus

Dann habe ich noch die älteste Tochter Leni in Allenstein im Krankenhaus besucht. Habe ihr noch einen Koffer mit Kleidern für uns alle hingebracht. Ich dachte mir immer, die Krankenhäuser werden ja zuerst evakuiert. Anfangs war es auch so. Sie fragte mich gleich, warum ich die Erika nicht mitgebracht habe. Wie sollte ich das Kind mit fünf Jahren mitnehmen. Sie war traurig und sagte, ich hätte sie so gern gesehen. Ob sie da ahnte, dass sie sie nie mehr sehen würde? Ich hatte in Allenstein Klappsandalen gekauft und zeigte sie ihr. Ich musste sie ihr mehrmals ins Bett geben. Sie hat sich so kindlich über sie gefreut. Ich musste mich wundern, denn wir hatten einen Sack mit ihren Schuhen in allen Lederarten mitgehabt. Sie sollte bald entlassen werden. Hätte ich ihr die Holzsandalen dort gelassen, vielleicht hätte man ihr die gelassen. Es war das letzte Mal, dass ich sie sah. - Wo ist sie geblieben?

Zu Weihnachten kam dann auch Gerda in Urlaub. Im Januar sollte sie zurück. Sie hatte alle Kleider und alles dort gelassen. Wollte auch noch ihre Schwester im Krankenhaus besuchen. Aber sie kam nicht bis Allenstein. Die Bahnlinie war da schon gesperrt und sie musste umkehren. Nun waren wir vier zusammen. Wir wussten, dass Vati noch wohlauf war. Walter hatte seit dem 11. Juli nicht mehr geschrieben. Und Leni, glaubten wir, ist im Krankenhaus am sichersten.

Mein Mann schrieb mir, wie der Russe an der Grenze gehaust hat und er habe alles gesehen als der Russe sich wieder zurückziehen musste. Er schrieb, ich solle nicht warten, wenn meine Fuhrwerke nicht zurückkommen, sondern soll die Kinder nehmen und zu Fuß laufen, damit wir den Horden nicht in die Hände fallen.

Ich war nun froh, dass die Gerda da war. Am 26. Januar wollten wir Kuchen backen und am Sonntag mit den Lehrersleuten bisschen feiern. Vorher half ich der Frau beim Packen. Die sind schon einmal weg gewesen, kamen aber zurück, weil sie mit den Kindern im offenen Viehwagen bei der Kälte nicht fahren wollten. Es hieß, der Russe ist in Alleinstein eingebrochen. Alles war erregt. Dann hörten wir im Rundfunk, dass der Russe wieder 80 km von Allenstein weg zurückgeschlagen wurde. Ich lief schnell ins Gut und habe es allen erzählt und wollte unsere Nachbarn beruhigen. Es war schrecklich. Die Älteren haben geweint. Die Nacht darauf kam Einquartierung. Es wurde an die Tür unten heftig geklopft. Gerda zog meinen Mantel über und ging runter, denn es hat sich sonst niemand gerührt. Es kam ein Soldat, um Quartier zu bestellen für einen Hauptverbandsplatz. Es war der Spieß von der Gruppe. Gerda hat sich mit ihm unterhalten und er sagte dann: „Eigentlich sollte ich im Gut bleiben. Aber ich komme lieber hierher." Am Morgen hat er uns in unserer kleinen Wohnung besucht. Dann kam er mit zwei Ärzten zu uns zu Mittag. Wir hatten ja damals noch genug von allem. Nach dem Mittagessen machte er uns den Vorschlag, mit ihnen weiterzufahren.

Gerda wollte es gleich, weil wir doch unsere Pferde nicht hatten. Er sagte, wo wir am Abend wegfahren, ist morgen der Russe. Ich wollte noch nicht, denn ich habe die anderen beruhigt und jetzt sollten wir als erste flüchten. Ich war unentschlossen.

Unser Fluchtweg

Die weitere Flucht ohne unsere Fuhrwerke

Doch dann am Nachmittag kam der Räumungsbefehl. Nun waren wir heilfroh, dass er uns mitnehmen wollte. Erst machte man uns Angst, dass der Kompaniechef uns irgendwo lassen wird. Aber er, Herr G., hatte mehr zu sagen als der Chef. Nun haben wir aussortiert, was wir mitnehmen können. Herr G. hat uns Mut gemacht und meinte, vielleicht geht es, dass Herr G. uns mit den Krankenwagen raus bringt. Er ließ uns viel auf seine Wagen laden. Er meinte, was sie jetzt mitnehmen, nur dies allein, gehört noch ihnen. Ich ließ unseren Kasten, wo zwei Männer nicht schaffen konnten zu tragen, mit Geräuchertem öffnen. Einiges haben wir für uns genommen. Alles andere haben die Soldaten unter sich geteilt. Viele, viele Gläser mit Gänsebraten und sonst allerlei Geflügel haben sie verpackt. Es war wirklich noch viel, was sie genommen haben.

Nachts sind wir dann gefahren und am Tag waren wir irgendwo unter Dach. Eine junge Polin sollte unser junges Pferd, das noch nicht zwei Jahre war, weiter versorgen und sich dafür nehmen, was sie wollte.

Wir hatten noch eine Nachbarstochter mit uns, die Lisbeth S. Sie und Gerda halfen auf dem Hauptverbandsplatz. Und meine beiden Kleinen bekamen von den Soldaten heimlich Kakao und Schokolade zu trinken, was man sonst schon lange nicht kaufen konnte. Wir waren alle froh und dankbar. Ich war bei allen die Mutter Belusa.

Eines Nachts gab es ein starkes Schneetreiben mit hartem Frost. Die Straße war mit Flüchtlingen verstopft. Wir hörten Kinder schreien. Herr G. schaute rein und sagte: „Na, wie geht es Mutter Belusa?" Ich sagte nur: „Ach, ich bin Ihnen so dankbar, ich höre nur Kinder weinen." „Ja", sagte er, „die Kinder werden von den Wagen geworfen wie gefrorene Äpfel". Es war schrecklich. Der Treck musste weiter. Es hat keiner an die Beerdigung der Kinder gedacht. Wir waren wie die Heringe in den Krankenwagen eingepresst. Die Füße waren zwischen den Schienen eingeklemmt. Auf jedem Knie hatte ich ein Kind. Gerda hat die Koffer von allen hinten aufgestapelt und sich vor sie gepresst, damit sie nicht runterfielen. Erika saß zwischen Koffern und es wurde ihr schlecht. Aber sie hat keinen Muckser getan.

Dann kamen wir in eine Stadt mit einer Brennerei. Wir wollten allen irgendwie danken. Die ganze Schreibstube war so nett zu uns und Herr G. sorgte für die ganze Familie wie ein Vater. Wir bekamen immer ein Quartier in der Nähe der Schreibstube. Wir hatten noch einen Topf mit Bienenhonig. Nun sagten wir, wenn sie uns Alkohol besorgen, machen wir ihnen ostpreußischen Bärenfang. Es waren alles Bayern und kannten ihn nicht. Da ich im voraus wusste, dass er ihnen schmecken wird, habe ich gleich mehrere Flaschen gemacht, zwar nicht ganz echten, aber er genügte, um bald alle lustig zu machen. Sie benahmen sich alle anständig. Nur ein Unterarzt wollte durchaus in unser Zimmer. Bald gelang es ihm auch. Aber da packte die Gerda ihn am Kragen und führte ihn zurück durch die Schreibstube bis nach draußen. Nächsten Tag schämte er sich und alle lachten von ihm. Nun musste ich mehrmals Bärenfang machen.

Eines Tages brachte uns Herr G. eine junge Frau mit einem paar Monate alten Kind. Die sollten wir dann mit aufnehmen. Bald stellte sich heraus, dass die gar nicht zu uns passte und auch ihr Kind vernachlässigte. Ich habe dann das Kind vor jeder weiteren Fahrt warm verpackt.

Ich hatte zwei Zentner Weizenmehl gehabt. Das haben die Soldaten auch mitgenommen. Nun gab es plötzlich fast kein Brot. Da hatten sie aus unserem Mehl sich Brot gebacken und auch für uns sechs Brote reserviert.

Herr G. sagte dann eines Tages, wir sollen keine Angst haben, wenn sie uns bald für 14 Tage allein lassen. Der Kommandant will jetzt alles einsetzen, Hauptverbandsplätze, Polizei und ganz alles, um die Bahnlinie nach dem Westen freizukämpfen, damit die Zivilbevölkerung flüchten kann. Aber es kam anders.

Gauleiter Koch hat von dem Vorhaben erfahren und Hitler gemeldet, dass der Kommandant Verrat üben will. Nun wurde der Kommandant sofort entlassen und es kam ein anderer. Nun saßen wir alle in der Falle. Eines Tages fiel eine Bombe und riss ein Stück von dem Gebäude, wo wir waren, weg.

Übers Haff

Jetzt kam Herr G. zu uns und sagte, er kann die Verantwortung für uns nicht mehr weiter übernehmen. Wir müssen versuchen, über das Haff zu kommen. Er gab uns eine Kutsche mit zwei Pferden. Wir bepackten sie mit einigen Koffern, Betten, dem Brot und sonstigen Esswaren. Die Gerda sollte bei mir und den kleinen Geschwistern bleiben. Aber die Nachbarstochter Lisbeth und der Inspektor vom Gut sollten mit der Kutsche fahren. An einem bestimmten Ort auf der Nehrung sollten wir uns treffen. Dann sollten wir versuchen nach Danzig zu kommen. Aber er sagte auch gleich, wenn wir uns verfehlen, sollen wir nicht warten, sondern zu Fuß versuchen weiterzukommen. Uns ließ er mit einem Auto in einen Ort dicht am Haff bringen. Erika und mir wurde ein Platz zwischen Verwundeten angeboten. Aber mir tat das kleine Kind der Frau G. leid und ich überließ ihr den Platz. Wir schlossen uns einem Feldwebel an, der einen Platz für seine Braut suchte. Er führte uns in eine Scheune. Unten standen Militärpferde und oben lagen viele, viele Flüchtlinge. Für mich und Erika fanden wir oben gleich vorn einen Platz. Die anderen fanden hinten auch noch

Platz. Erika und ich haben uns fest in meinen Pelzmantel gewickelt und sind auch eingeschlafen. Doch dann war mir, als wenn jemand das Heu unter uns wegzieht. Ich wachte auf und hörte in meiner Nähe die Pferde. Ich fasste nach rechts und nach links, es war kein Heu da. Wir lagen im leeren Raum über einem Querbalken. Nur unter den Köpfen war noch Heu. Es bestand die Gefahr, dass auch dieses noch weggefressen würde. Jetzt konnte ich an Schlaf nicht mehr denken, sondern nur die Erika festhalten, damit sie keine falsche Bewegung macht, denn dann wären wir unter die Pferde gefallen. Ganz früh kamen dann Gerda und Ursel und halfen uns aus unserer gefährlichen Lage. Ich war ganz steif und hatte schwere Kopfschmerzen, sagte auch der Frau G., dass sie heute ihr Kind selber versorgen muss.

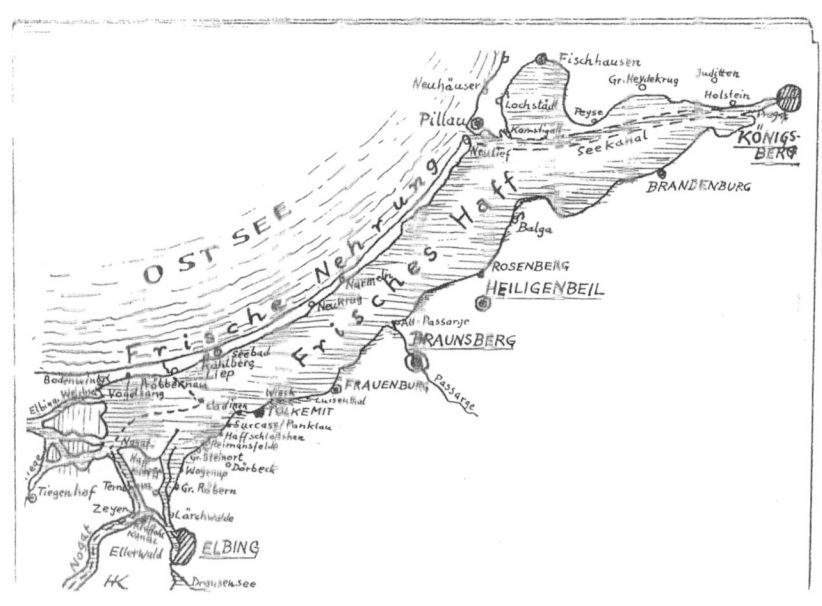

Frisches Haff

Dann kam Militär und hat die Kinder auf Fuhrwerke gesetzt und sie übers Haff gefahren. Es waren im Eis Straßen markiert und stückweise Bretter gelegt. Nur die waren befahrbar. Sonst war das Eis kaputt von Bomben. Auf dem Eis war tiefer Schneematsch. Ich wollte auch auf den Wagen, auf dem die Kinder saßen. Gerda half mir und ich konnte auf der Leiter im Reitersitz sitzen. Neben mir saß noch eine Frau in derselben Stellung. Plötzlich schreit ein Mann: Runter mit der! Das ist auch eine von denen, er meinte die Partei, und packte mich am Fuß und wollte mich runterziehen. Da machten die Kinder im Wagen so viel Platz, dass ich auch den zweiten Fuß in den Wagen bekam. Da riss der Mann die andere Frau runter und setzte sich drauf. Es soll seine eigene Frau gewesen sein. Gerda ist weiter zu Fuß gelaufen und war ganz nass.

Ein Glück war es nur, dass es ganz neblig war. Da blieben wir von den Flugzeugen verschont. Nur die Spuren vom Vortage konnten wir sehen. Wir konnten auch nicht dort vom Haff runter, wo wir uns mit der Nachbarstochter mit der Kutsche verabredet hatten und wussten auch nicht, wo die gefahren ist. Es war zu gefährlich, vom Weg abzugehen oder zu fahren. Es waren tiefe Risse und Löcher im Eis, die mit Brettern belegt wurden. Aber jeder wollte vorwärts. Es war ja nur diese eine Möglichkeit, um rauszukommen. Das wussten aber auch die Feinde. Als wir dann endlich in einem Ort, die Namen sind mir jetzt alle entfallen, ans Ufer kamen und runter wollten, sind wir eingebrochen. Aber die Pferde konnten noch die Wagen rausziehen.

Dann hat es aber getaut und wir hörten nachts viele Hilferufe. Es sollen an dieser Stelle viele Wagen untergegangen sein. Die Frau G. fuhr auf einem anderen Wagen. Ich weiß nicht, ob sie das Kind zu fest eingepackt hatte. Es war tot.

Ein Glück war es nur, daß es ganz windstill war. So blieben wir von dem Flugzeug verschont. Nur die Spuren vom Vortage konnten wir sehen. Wir konnten auch nicht dort vom Haff wieder, wo wir uns mit der Kutsche verirrt hatten und wußten auch nicht wo die geschehen ist. Es war zu gefährlich am Weg zu gehen oder fahren. Es waren auch so tiefe Risse und Löcher und mußten mit Brettern belegt werden. Aber jeder wollte vorwärts. Es war ja nur hier eine Möglichkeit um weiter zu kommen. Das wußten aber auch die Kinder. Als wir dann endlich in einem Ort, die Namen sind mir jetzt alle entfallen, am Ufer kamen und weiter wollten, sind wir eingebrochen. Aber die Pferde konnten noch die Wagen anziehen. Dann hat es aber getaut und wir sahen nichts viele Hilferufe. Es sollen an der Stelle viele Wagen ertrunken sein. Die Fr. Hützal fuhr auf einem andern Wagen. Ich weiß nicht, ob sie das Kind zu fest eingepackt hat. Es war tot. Gerda war an dem weiten Treck müde und auch matt und wollte nur im Schutze der Bäume im Walde mit unserem kleinen Ge-päck und Fr. H. werden. Ich wollte in den Ort und sehen, ob wir irgend wo übernachten könnten. Aber überall war Militär und Flüchtlinge. Endlich fand ich in einem Hause ein Plätzchen unter einem alten Tisch wo die beiden Kinder sich hinsetzen konnten. Dann ging ich die Ihren holen. Es war alles dunkel. Als ich sie gefunden hatte, konnte ich dann das Haus nicht finden wo ich die Kleinen gelassen hatte. Eine Decke und Pelz-handschuhe wurden uns noch dort gestohlen. Nächsten Tag wollte Frieda der Frau H. helfen das Kind begraben. Aber sie wollte nicht. Sie hat es im Kissen verhüllt unter einem Baum gelassen und sagte, es wird das Jenseits für sie sein. Als wir dann zu der Nogat kamen, die als einzige über die Richtung nach Danzig führt, fanden wir Massen von Menschen, Mütter mit 6 und mehr Kindern. Manche waren schon mehrere Tage dort. Aber nicht zu essen. Eine unübersehbare Schlange stand schon mehrere Tage da und konnte nicht weiter weil es fast nur eine einspurige Brücke war über die Nogat und Militärwagen fuhren. Unser ganzes

119

Gerda war von dem weiten Lauf müde und auch nass und wollte nun im Schutz der Bäume im Wald mit unserem kleinen Gepäck und Frau G. warten. Ich wollte in den Ort gehen und sehen, ob wir irgendwo übernachten könnten. Aber überall war Militär und Flüchtlinge.

Endlich fand ich in einem Haus ein Plätzchen unter einem alten Tisch, wo die beiden Kinder sich hinsetzen konnten. Dann ging ich die Gerda holen. Es war alles dunkel. Als ich sie gefunden hatte, konnte ich dann das Haus nicht finden, wo ich die Kleinen gelassen hatte. Eine Decke und Erikas Handschuhe wurden uns noch dort gestohlen. Nächsten Tag wollte Gerda der Frau G. helfen, das Kind begraben. Aber die wollte nicht. Sie hat es im Kissen verpackt unter einem Baum gelassen und sagte, es wird jemand dies für sie tun.

Als wir dann zu der Straße kamen, die als einzige über die Nehrung nach Danzig führte, fanden wir Menschen wie Ameisen. Mütter mit sechs und mehr Kindern. Manche waren schon mehrere Tage dort, hatten aber nichts zu essen. Eine unübersehbare Treckkolonne stand schon mehrere Tag da und durfte nicht weiter, weil es fast nur eine einspurige Straße war und dauernd Militärwagen fuhren. Unsere ganzen Essvorräte sind auf der Kutsche geblieben. Wir hatten nichts bei uns. Ich sagte Ursel, sie sollte versuchen, ob sie bei den Trecks nicht ein wenig Brot bekommen könnte. Aber sie sagte, nein Mutti, ich schäme mich, zu betteln. Ich versuchte es selbst. Doch die hatten nichts zum Weggeben, denn sie wussten nicht, wie lange sie noch warten mussten. Die Partei sollte für all die Flüchtlinge sorgen. Doch die hat ganz und gar versagt. Die Kinder hatten alle Hunger. Eine Mutter mit sieben Kindern konnte sich nicht anders helfen. Sie ging mit allen auf das schwache Eis und ist mit ihnen ertrunken. Eine andere ging allein und ließ zwei Buben da. Eine Krankenschwester nahm sich dann der zwei Kinder an. Viele waren zu Fuß weitergegangen. Aber es kamen hin und wieder Kreisleiter und andere höhere Parteimänner und haben den Leuten immer wieder versichert, es kommen Lastwagen und holen alle, besonders die Mütter mit den Kindern. So warteten manche schon einige Tage. Die Soldaten haben dann Feldküchen aufgestellt und versuchten, Kaffee und Haferflocken zu verteilen. Aber es waren zu viele da. Wir stellten uns auch an und jemand von uns hat etwas Kaffee bekommen. Der war mit dem salzigen Ostsee-Wasser gekocht. Aber man war froh, etwas Warmes zu bekommen.

Da uns Herr G. so eingeprägt hatte, wir sollen auf niemand hören, sondern versuchen, immer weiter zu kommen, machten wir uns auf den Weg. Anfangs ging es auch ganz gut. Erika war noch munter. Wir wollten bis abends den Kurort erreichen. Wir fragten, wie weit es ist, da hieß es, ungefähr 6 km. Als wir mehrere km gelaufen waren, hieß es dann, es sind noch ungefähr 10 km. Aber wir kamen endlich dort an. Ich bin mit Erika mit Mühe und Not durch die Menge durch bis ins Haus und konnte ihr am Herd die Strümpfe trocknen. Dann sind wir zu Gerda und Ursel zurück. Die Soldaten hatten hier und da im Wald runde eiserne Öfen hingestellt. Da hatten sich die Flüchtlinge drum gesammelt für die Nacht. Aber es langte nicht für alle. Und damals war jeder sich selbst der Nächste. Die verwundeten Soldaten wurden am Nachmittag an die Straße gebracht und lagen dort auf Stroh. Sie sollten abgeholt werden. Es wurde Abend und dunkel. Zwei Soldaten sagten der Gerda, sie hätten einen geheizten Krankenwagen, der ist leer. Wir könnten die Nacht über drin schlafen. Ach, waren wir da froh. Erika ist vor Müdigkeit gleich eingeschlafen. Doch dann kam Wind mit Schnee und Regen. Die Verwundeten wurden nicht geholt. So mussten die Soldaten sie wieder in die Krankenwagen legen. Um 11 Uhr nachts mussten wir den Wagen verlassen. Erika weinte. Gerda suchte nach einer anderen Schlafgelegenheit und auch Schutz vor dem Wetter. Sie kam wieder mit zwei Soldaten. Die hatten für sich einen Unterschlupf von Tannenästen gemacht und mit Decken ausgelegt. Nun mussten sie auch helfen, die Kranken zu bergen. Wir sollten nun in ihr Lager. Wir waren froh. Aber so nach 2 Uhr nachts wurde es uns kalt. Wir standen auf und machten uns weiter auf den Weg. Erika, jetzt hungrig und müde, konnte nicht mehr so laufen. Alle paar Meter blieb sie stehen.

Auf der Straße fuhren lauter Lastwagen. Die hatten zweistöckig Verwundete drauf. Der eine Fahrer nahm dann die Erika oben auf den Wagen. Er sagte uns, wo er sie in Danzig absetzen würde. Gott sei Dank mussten die langsamer fahren als wir zu Fuß gingen, denn anders hätten wir die Erika wahrscheinlich nie wieder gefunden. Später nahm dann ein Fahrer die Ursel zu sich und zuletzt konnte ich noch mit dem fahren, der die Erika auf dem Wagen hatte.

Als er sich Brot geschnitten hat, war für mich die Versuchung sehr groß, ihn um ein Stückchen für Erika zu bitten. Aber ich bezwang mich, denn ich wusste, dass das Brot bei ihnen knapp war. Doch als er nach paar Stunden es wieder rausnahm, bat ich ihn um ein kleines Stückchen. Als ich ihm sagte, dass die Kleine gestern und heute nicht gegessen hatte, reichte er ihr ein Scheibchen rauf.

Spät abends kamen wir dann nach Stutthof. Hier bekamen die Verwundeten Verpflegung. Die Erika hatten sie auch mitgenommen und später bekamen wir auch noch etwas. Es gab Erbsen mit Nudeln.

Die Straße über die Nehrung war so aufgewühlt, dass es unmöglich war, von einer Seite über die Straße auf die andere Seite zu kommen. Die Autos fuhren sehr langsam. Die Trecks durften jetzt überhaupt nicht mehr auf der Straße fahren. Die mussten am Strand der Ostsee entlang fahren. So haben wir unsere Kutsche mit unseren Sachen nicht mehr gesehen. Und was wir bei uns hatten, haben wir auch noch zum Teil im Wald gelassen, denn mit jedem km wurden die paar Sachen, die wir noch hatten, schwerer. Erika hatte einen kleinen Kinderrucksack. In dem hatte sie alles was sie gern und auch nötig hatte. Aber bald hatte sie ihn auch im Wald gelassen. Gerda hatte noch zwei kleine Koffer. Die hatte sie sich über die Schulter gehängt. Ursel trug noch zwei Taschen und ich einen ganz kleinen Koffer und die Erika an der Hand.

Es lag vieles im Wald. Alles mögliche wurde weggeworfen. Aber auch einige Tote lagen im Wald, besonders ältere Leute. Die hatten sich, wahrscheinlich aus Müdigkeit, abends hingelegt und sind erfroren. Als uns dann die Soldaten mitnahmen, ging es zwar sehr langsam, aber leichter. Gerdas Koffer kamen auch noch ins Auto. Und zuletzt wurde auch sie in einem Personenwagen von Soldaten mitgenommen. Öfters blieben die Lastwagen stecken und wir mussten alle raus. Aber langsam näherten wir uns der Fähre und auch Danzig.

In Danzig

Wie viele Menschen dort waren, kann man gar nicht beschreiben. Wir kamen dann in ein Auffanglager. Kaum waren wir drin, gab es Alarm. Wir fürchteten, dass man uns die Erika zerdrückt. Gott sei Dank kam auch gleich wieder Entwarnung. Wir waren sehr müde und legten uns auf den Boden zum Schlafen. Meinen kleinen Koffer hatte ich unterm Kopf. Dort hatte ich das meiste Geld und auch allerlei Papiere. Die Handtasche hielt ich in der Hand.

Als wir aufwachten, ging Gerda uns Kaffee besorgen. Doch als ich ihr Geld geben wollte, war das Geld samt dem Geldbeutel aus der Handtasche weg. Es waren ungefähr 300 Mark. Bald danach kam jemand und rief, dass ein Zug in Richtung Insel Hela fährt. Wir sind schnell raus, weil wir fürchteten, dass beim nächsten Alarm wir auseinandergerissen werden oder die Kinder kaputtgedrückt werden. Draußen war alles dunkel. Auch der Zug war verdunkelt. Die Erika hielt ich fest an der Hand. Aus dem Zug riefen die Leute, er ist schon voll, es ist kein Platz mehr. Ich hatte großes Glück, dass die Gerda dabei war. So einem jungen Mädel halfen die Soldaten eher, als nur einer älteren Frau mit Kindern. Sie kam wieder mit einem Soldaten gelaufen und rief, schnell, schnell, wir dürfen auf dem Flakwagen mitfahren. Aber nun war die Ursel nicht da. Sie lief an dem Zug entlang und wollte rein. Aber überall wies man sie zurück. Jetzt bekamen wir Angst, dass wir sie in der Menschenmenge nicht mehr finden werden. Wir riefen laut „Ursel, Ursel". Dann fanden sich noch einige Soldaten und riefen mit und auf dieses Rufen kam sie an. Waren wir froh, dass wir nun alle zusammen mitfahren konnten.

Endlich raus aus dem Kessel

Ich konnte nur Gott danken. Denn immer, wenn es am schlimmsten war, kam von irgendwo eine Hilfe. Nun waren wir aus dem schlimmsten Kessel raus und konnten aufatmen. Unser Wagen wurde auf jeder Station an einen anderen Zug angehängt. Wir fuhren kreuz und quer. Waren wahrscheinlich auch wieder noch mal in Danzig. Aber das alles störte uns nicht. Wir hatten Zeit und alles andere besorgten die Soldaten. Ich habe für alle gekocht. Es war noch eine Familie mit dabei.

Einmal kamen wir an ein Lager wo jüdische Jugendliche waren. Am Wagen sollte was ausgebessert werden. Aber die Leute waren gar nicht traurig. Die haben alle gesungen. Sahen gar nicht nach Gefangenen aus. Nur wir durften nicht an die Fenster. Es hieß, wenn sie sehen, dass Zivilbevölkerung im Wagen ist, könnten sie Sabotage verüben.

So fuhren wir mehrere Tage. Der Unteroffizier wurde am Anfang zu den Mädels aufdringlich. So wollte mit ihm dann keine was zu tun haben. Da wurde er ärgerlich und sagte, wir müssen alle raus. So sind wir dann raus, wussten aber nicht wohin. Zum Glück hat uns wieder derselbe Soldat, der uns in Danzig aufgelesen hat, gefunden und sagte, wir sollen doch weiter mit ihnen fahren. Anders kommen wir von hier nicht weg. Denn hier fahren nur Militärzüge durch. (Die Namen sind mir alle entfallen.) Und der Unteroffizier kann nichts dagegen machen. Es wurde ihnen gesagt, sie sollen dem Zivilvolk helfen, soviel sie können. So fuhren wir wieder mit und kamen dann nach Neubrandenburg. Dort sind wir dann ausgestiegen.

Erika hatte über 40° Fieber und wir haben volle vier Stunden auf einem Bahnsteig auf den Personenzug gewartet. Erika setzten wir auf den kleinen Koffer und ich stand dicht bei ihr und bedeckte sie mit meinem Pelzmantel. Endlich kam ein Zug, doch er war wieder so voll, dass wir fürchten mussten, nicht mehr mitzukommen. Doch dann kam die Bahnhofspolizei und hat noch für viele Platz geschafft.

Ankunft in Triebendorf

Dann kamen wir endlich in Nürnberg und dann auch in Heilsbronn an. Am Bahnhof konnte uns niemand sagen, wo Triebendorf liegt, wo wir nun eigentlich hin wollten. Es schien so, als wenn nur Fremde und Flüchtlinge im Ort waren. Wir gingen dann in ein Café. Dort war man sehr freundlich zu uns. Wir bekamen jeder ein Stück Torte und Kaffee und dachten, hoffentlich wird jetzt alles gut, denn es fängt hier alles so gut an. Dort bekamen wir auch einen kleinen Handwagen, setzten die Erika und unser kleines Gepäck da rein und die Frau und ihr Vater machten einen Spaziergang mit uns und zeigten uns dann den Weg nach Triebendorf.

Als wir durch den Wald gingen, musste ich meine Pelzmütze abnehmen und meinen Kopf tüchtig kratzen. Irgendwo habe ich Kopfläuse aufgegabelt. Als wir dann das richtige Haus gefunden haben, das Dorf ist ja klein, war Erika sehr enttäuscht. Wir haben ihr immer wieder erzählt, wir kommen auf einen Hof. Sie wird spielen können und alles haben und ihre erste Frage war: „Mutti, wo ist der Hof?" Wir waren auch enttäuscht. Wir wussten, dass nur der Bauer und seine Frau und höchstens zwei Dienstboten auf dem Hof sind. Nun fanden wir das Haus voll. Die Frauen waren ganz durcheinander, als wir kamen und uns vorstellten. Es waren Evakuierte aus Nürnberg. Die eine Familie hieß Sch. Die wurde nur unter der Bedingung vom Bauern aufgenommen, dass sie räumen muss, falls wir kommen sollten. Nun bettelten sie, ob sie nicht doch bleiben könnten. Der Bauer war sehr gutmütig. Er konnte schlecht „nein" sagen. Außerdem sollte er auch weg zum Schippen. Nun fragte man uns. Wir waren froh, ein Dach über dem Kopf zu haben und waren mit allem einverstanden.

Aber damals wussten wir noch nicht, dass es so böse Menschen gibt und dass gerade die Familie Sch. die Preußen so sehr gehasst hat. Gerda und Ursel bekamen die kleine Mägdekammer zum Schlafen, weil keine Dienstboten da waren und Erika schlief im Wohnzimmer auf dem Sofa und ich neben ihr auf Stühlen.

Erika war sehr krank und bekam jetzt noch die Masern. Als sie gesund wurde, wurde die Ursel krank und hat auf Erikas Platz gelegen.

Gerda musste schwer arbeiten. Wir kamen dort am Sonntag, dem 18. 2. 1945 an und Montag früh um 1/2 5 Uhr ist sie aufgestanden und hat gemolken und den Stall ausgemistet, was sie bisher nie machen brauchte.

Dann bekamen wir ein sehr großes Zimmer zum Schlafen. Aber es war dort kein Licht und wir mussten auch durch das Zimmer von Frau

M. auch einer Evakuierten mit zwei Enkelkindern gehen. Wenn sie hörte, dass wir kamen, hat sie schnell das Licht ausgemacht und wir mussten im Dunkeln durch ihr Zimmer tappen und wehe, wenn wir gegen etwas stießen. Später ließ der Bauer eine Tür extra für uns machen. Der Bauer war der ältere Bruder von Konrad, unserem gefallenen Schwiegersohn und heißt Stefan. Seine Frau heißt Kätha.

Dann bekamen sie einen Gefangenen. Wenn die alle im Wald arbeiteten oder später auf dem Feld, habe ich den Haushalt und den Garten betreut. Das hat all den Nürnbergern nicht gefallen, denn sie hatten gemerkt, dass ich sie durchschaut habe und auf sie aufpasste. Besonders die Frau Sch. wollte mich mit Gewalt wegbringen und hat von mir alles mögliche der Kätha erzählt. Wem sollte Kätha nun glauben? Wir waren die verrufenen „Saupreußen". Sie hat uns auch nicht weiter gekannt. Und uns lag auch nicht das Schmeicheln und schön tun. Gerda konnte der Kätha dann nichts mehr recht machen.

So hat sich Gerda eine Stelle in Neuendettelsau im Hospiz als Köchin besorgt. Als dann die Amerikaner kamen sind fast alle Mädels denen nachgelaufen. So hatte es Gerda sehr schwer. Sie musste für mehrere Hundert kochen. Aber ihre Arbeit wurde auch anerkannt. Die Schwestern hatten sie gern. Als sie sich dann die Papiere für ihr Studium besorgt hatte und weiter auf die Schule gehen konnte, aber keine Wäsche und sonst was hatte, hat die Oberschwester ihr vieles von ihren Sachen gegeben. Und auch dann später, als Ursel und Erika nach Neuendettelsau auf die Mittelschule kamen, hatten sie es der Gerda und den Schwestern zu verdanken. Ebenso Edith und Ilse, meine Nichten.

Der Krieg war nun zu Ende. Stefan's Stiefbruder Georg kam nach Hause. Der muss wohl schlechte Erfahrungen mit den Preußen gemacht haben. Er war auf sie nicht gut zu sprechen. Er brachte noch einen Schneider aus Breslau mit. Der musste auch noch in unserem Haus wohnen. Also waren wir jetzt 4 1/2 Familien in einem Haus. Aber ich wollte da bleiben, denn wir hatten ausgemacht, dass wir uns, wenn wir am Leben bleiben, in Triebendorf treffen wollten. Ich wusste ja nichts von meinem Mann und auch von Leni und Walter nichts. Ich hoffte, dort eine Nachricht von Leni vorzufinden und war enttäuscht, dass nichts da war.

Georg's Frau hatte ein Kind bekommen. Die Frau Sch. übernahm sofort die Pflege des Kindes. Nun war sie die Herrin dort im Haus, fuhr den Kinderwagen hin und her. Aber das Kind war selten drin. Wenn der Wind mal den Kinderwagen abdeckte, kam eine ganze Wolke Weizenmehl heraus. Als dann die Schwiegertochter von Frau Sch. kam und erzählte, was die Schwiegermutter alles mitbringt, wollte es weder Georg noch Tina glauben. Der Frau M. ihre geschiedene Tochter kam aus dem Arbeitslager oder KZ auch noch an. Die hat nachts beim Georg die Hühner für sich geholt. Wir haben es gehört und auch gesehen. Aber wir sagten nichts. Man hätte es doch nicht geglaubt. Wenn ich Mittag für Kätha gekocht habe und in den Garten ging, wurde die Fleischbrühe abgegossen und Wasser drauf getan. Bis der Knecht sie erwischt hat.

Und ich selbst bin wegen Unterernährung ins Krankenhaus gekommen, weil ich so ehrlich war. Ich durfte nicht mal eine Tasse Milch bekommen. So haben alle aufgepasst. Dann ließ sich deren Tochter mit den Schwarzen ein. Was wir da alles erlebt haben, kann ich nicht schreiben.

Die Familie Sch. ist dann zurück nach Nürnberg. Eines Tages bekam ich einen Brief. Als ich den Absender gelesen habe, wurde mir schwindlig vor Freude. Kätha half mir in einen Stuhl. Er war von meinem Bruder Max. Der wurde kurz vor Kriegsende verwundet und kam nach Meiningen ins Krankenhaus. Dann ging er zu Verwandten von seiner Frau. Ich habe mich sehr auf sein Kommen gefreut. Aber bevor er zu mir fuhr, bekam er ein Telegramm, dass seine Familie in Pommern im Lager ist. Nun ist er natürlich dorthin gefahren und hat sie in die Ostzone, wo er bisher war, gebracht.

Sein Stiefsohn Kurt erzählte uns später, dass sie wahrscheinlich kaputtgegangen wären, wenn er nicht hingefahren wäre. Die Mutter war schon sehr schwach.

Dann gegen Herbst kam mein Schwager Ludwig zu mir. Erst habe ich mich gefreut, nun eine männliche Stütze zu bekommen. Habe ihn von den Läusen befreit und alles saubergemacht. Ich merkte, wie Kätha und alle gewartet haben, dass er Arbeit sucht. Ich bin mit ihm nach Heilsbronn und nach Ansbach gefahren. Überall wurde ich gefragt, ob er ein Ausländer ist. Er hat sich seinen ganzen Anzug mit verschiedenen Flicken benäht und jeder hat sich nach ihm umgeschaut. Ich sah, dass er noch bei uns länger bleiben wollte. Aber es ging nicht. Denn außer Kartoffeln und Brot hatte ich ja nichts. Kein bisschen Fett. Brot brachte er auch oft noch mit von jemandem. Endlich musste ich ihm sagen, dass er sich nach Arbeit umsehen muss. Er war enttäuscht. Aber es musste sein. Bald fand er auch Arbeit. Dann kam ein Brief von seiner Frau. Sie hat auf Umwegen erfahren, dass er bei mir war. Ich bin gleich zu ihm und dachte, wenn er erfährt, dass seine Familie lebt, wird er wieder Mut bekommen. Aber das Gegenteil traf ein. Jetzt fing er an, dauernd zu jammern und zu weinen. Mir wurde von der Frau F., die in dem Hause wohnte, wo er gearbeitet hat, vieles erzählt. Da riss mir mal die Geduld und ich habe ihn mal richtig geschimpft. Er weiß doch, dass die Familie lebt, da soll er Geduld haben und warten oder hinfahren und sie holen und sich nicht wie ein altes Weib benehmen. Da packten wir zusammen was ich von der Kätha und er von seiner Bäuerin bekommen hat und ich brachte ihn zur Bahn. Aber ich wusste gleich, dass er zu ängstlich ist und nicht weit kommt. Und richtig, nächsten Tag war er wieder da. Gegen Frühjahr kam dann auch seine Familie.

Im Herbst 1946 kam dann spät abends von Schwabach zu Fuß noch bei Regenwetter recht müde und matt mein Mann. Bis dahin wusste ich nicht, ob er noch lebt. Er hatte sich einen langen Bart wachsen lassen und ich hielt ihn im ersten Moment für seinen Vater, der schon 1931 gestorben war. Erst als er zu reden anfing, erkannte ich ihn. Er war sehr ausgehungert und es war ganz gut, dass ich ihm als erstes Essen nur etwas Milchsuppe und Kartoffeln geben konnte. So wurde er auch nicht krank wie die meisten Heimkehrer.

Er war als schwer krank entlassen und durfte nur in sitzender Stellung leichte Arbeit verrichten. Später hat er dann als Schwerkriegsbeschädigter beim Mex in Nürnberg und in Würzburg gearbeitet. Als es nicht besser wurde, hat er Antrag auf Kriegsrente gestellt. Der Antrag wurde aber abgelehnt und er wurde sofort gesund geschrieben, obwohl er jede Woche zwei Spritzen bekommen musste, um arbeiten zu können. Er war ja schon vom ersten Weltkrieg 30 % krank geschrieben. Er war erst in Heilsbronn bei Dr. H. und dann hier in Beilngries beim Dr. M. dauernd in Behandlung.

Wir hatten da noch eine schwere Zeit vor uns. Aber Gerda konnte wieder auf die Landfrauenschule und die Ursel und Erika konnten, wenn auch unter manchen Entbehrungen, die Mittelschule besuchen. Als dann Gerda fertig war und erst in Aichach, dann in Erding und dann in Beilngries als Lehrerin tätig war, hat sie auch uns nach Beilngries geholt.

Die Nachbarstochter von Kleinheinrichstal, die unterwegs mit der Kutsche unsere Betten und Koffer fuhr, schrieb uns später, dass die

Soldaten ihnen die Pferde ausgespannt hatten und alles am Strand der Ostsee stehen blieb. Wenn Kinder auf dem Wagen gewesen wären, hätte man ihnen die Pferde gelassen.

Von Pustnik aus hatten wir auch zwei Kisten und zwei große Säcke mit Wäsche und Daunenbetten nach Triebendorf geschickt. Alles kam bis Heilsbronn. Hier wurden die Kisten aufgerissen. Da oben drauf die Offiziersuniform und noch andere Sachen vom Schwiegersohn waren, ließ man sie stehen. Aber die Säcke waren gestohlen. Erst 10 Jahre später haben wir erfahren, dass es zwei Brüder aus Heilsbronn waren, damals noch Nazifunktionäre. Eine Frau hatte gesehen, wie sie die Kisten aufbrachen und dann die Säcke wegtrugen, die ich zugenäht und mit Wäscheleinen verschnürt hatte.
Es war keine leichte Zeit in Triebendorf. Geld hatte ich genug mitgebracht. Aber für Geld gab es nichts. Es wurde nur gegen Wäsche oder Kleider getauscht. Ein Glück war es, dass ich selbst nähen und auch spinnen konnte. So konnte ich den Kindern für die Schule Pullover stricken und aus Altem Neu machen. Am schlechtesten war es mit Gerda, als sie nach München auf die Schule kam. Doch haben es alle Gott sei Dank geschafft, wenn auch Nerven und Gesundheit bei allen gelitten haben.

Es war ein schwerer und langer Weg von dem eigenen Hof zu Hause in Heinrichstal bis jetzt wieder ins eigene Haus in Beilngries. Nur eines bedauere ich, dass mein Mann diese ruhige Zeit wieder im eigenen Haus nicht länger genießen konnte.

Einen Wunsch hätte ich noch: Ich möchte gern wissen, ob meine beiden ältesten Kinder ihrem Vater vorangegangen sind.

Die Vorfahren meines Mannes

Die Großeltern vom Walter waren Wirt Gottfried Belusa (geb. am 04.07.1821), Romansmorgen und Marie, geb. Fischer (geb. 1825). Die Großeltern mütterlicherseits waren Besitzer Adolf Gustmann (geb. am 17.04.1827) und Friederike geb. Wellen (geb. am 18.02.1832).

Meine Schwiegereltern

Die Eltern waren Samuel Belusa (geb. am 08.11.1849) und Auguste, geb. Gustmann (geb. am 02.06.1854), aus Schuchten. Früher haben fast alle Söhne auf dem Land ein Handwerk lernen müssen, wenn sie auch aus der Landwirtschaft stammten. Der Vater von meinem Mann, der Samuel, war nicht sehr groß und stark und hat Schneiderei gelernt. Er hat dann als Meister mit zwei Gesellen und einigen Lehrlingen in zwei Gruppen gearbeitet. Damals haben die Knechte nicht viel Geld, dafür aber ihre ganze Kleidung vom Arbeitgeber bekommen. So hatten die Schneider viel Arbeit. Als der Samuel Belusa mit einer Gruppe in Schuchten arbeitete, ging er auch an den Brunnen, wo sich die ganze Dorfjugend traf. Dort hat ihn die Auguste Gustmann zuerst gesehen. Sie hat es mir einmal so erzählt. Als sie nach Hause kam, erzählte sie ihren Eltern, dass sie einen Schneider dort gesehen hätte und dass er so klug und gescheit reden könnte. Sie trafen sich öfters, haben dann geheiratet. Die Geschwister von seiner Frau, die in der Nähe waren, hatten alle größere Höfe gehabt. So fühlte er sich nicht recht wohl und beschloss, auch Bauer zu werden. Erst hat er eine kleine Landwirtschaft gekauft und dann die in Borawsken (Deutscheck).

Dort hat er den Hof neu gebaut. Leicht war es nicht. Sie hatten ja neun Kinder. Die Schwiegermutter erzählte, dass sie mit einem Kind auf dem Rücken den Handwerkern Mörtel zugetragen hat. Dann war der Hof in Ordnung. Die älteren Kinder selbständig und versorgt. Nur noch drei waren da. Heinrich, der den Hof übernehmen sollte, Johanna und Walter.

Doch dann kam der Krieg. Heinrich ist gefallen. Die Eltern mussten flüchten. Sie waren bei einem Sohn in Sachsen oder Wernigerode. Der Walter hat sich freiwillig zum Militär gemeldet, was sollte er sonst tun. Als seine Eltern zurückkamen, waren die Arbeiter Soldaten und aus Polen kamen immer Plünderer. Johanna wurde die Arbeit auf dem Hof auch zu viel. So haben Walters Eltern den Hof verkauft.

Als mein Mann als Soldat erfuhr, dass der Hof verkauft ist, hat er Tränen vergossen, obwohl er das sonst nicht so leicht tat. Der Hof war, wie auch das Dorf Deutscheck, nah an der polnischen Grenze. Als Schulbuben haben sie mit den polnischen Jungen gespielt und auch gestritten.

Gott sei Dank haben sich die Eltern gleich ein Haus in der Stadt gekauft. Das restliche Geld, was der Käufer des Hofes noch zu zahlen hatte, war fast nichts mehr wert.

Johanna hat nach dem Krieg den Bahnbeamten Weykam geheiratet. Als der Vater starb, ging die Mutter zu ihrer Tochter Helene. Ihr Sohn Willi hat dann das Haus in Treuburg geerbt.

Mein Mann sollte nach dem Krieg Zimmermann lernen, hat es eine Zeit auch getan. Aber dazu hatte er keine besondere Lust und ging als Verwalter auf einen Hof. Als der Hof verkauft wurde, ging er zu seinem ältesten Bruder nach Satyken. Dann haben wir uns gefunden.

Das Zimmermannshandwerk kam ihm gleich nach der Gefangenschaft zugute. Er hat sich und unserer Familie helfen können.

Nachtrag

von Erika Lanzendorfer, geborene Belusa, jüngste Tochter von Amalie Belusa

Meine Kindheit in Triebendorf, einem kleinen Dorf in Mittelfranken mit sieben Bauern, war schön. Bei jedem Bauern waren mehrere Flüchtlingsfamilien mit vielen Kindern einquartiert. Für uns Kinder ein Paradies, für die Bauern sicher damals ein Problem. Ich kann mich auch nicht daran erinnern, dass ich in Triebendorf einmal Hunger gelitten habe. Allerdings kam meine Mutter wegen Unterernährung ins Krankenhaus. Wahrscheinlich hat sie auch noch in Triebendorf für uns gehungert. Als sie aus dem Krankenhaus kam, bekam sie zusätzliche Essensmarken. Jeden Tag hat sie ein rohes Ei mit Zucker und etwas Rotwein verrührt und das getrunken. Ich stand immer daneben und wartete auf den Löffel, den ich ablecken durfte.

Auf unserem Schulweg, es waren 3 km nach Weißenbronn, sahen wir öfter müde, zerlumpte, ausgehungerte Männer. Mein Traum war es, dass mein Bruder, der ja immer noch vermisst war, dabei ist und ich Hand in Hand mit ihm vor der Familie stehen würde.

Als meine Schwester Gerda bei den Diakonissen im Hospiz in Neuendettelsau arbeitete, ging es uns schon besser. Sie brachte u. a. alte Diakonissenkleider (dunkelblau mit kleinen weißen Punkten) mit und Mutti nähte uns wunderschöne Kleidchen daraus mit weißem Kragen. Was war ich stolz!

In der Schule in Weißenbronn war nur die Schulspeisung gut. Viele haben sie nicht gegessen und haben geschimpft. Mir hat alles geschmeckt und ich habe auch immer alles gegessen. Der Schulleiter war offensichtlich ein Flüchtlingshasser. Ständig hat er mich an meinen langen Zöpfen gezogen – und das kräftig. Ich war sehr froh, als ich dann nach Neuendettelsau in die Schule durfte. Der Schulweg war zwar schlechter und länger (jetzt 7 km), aber als ich dann ein Fahrrad bekam, ging es ganz gut. Nur manchmal im Winter, wenn wir zu Fuß gehen mussten, ist mein Onkel bis zum nächsten Dorf vor uns hergelaufen und hat uns eine Spur gebahnt. Meine beiden Cousinen gingen auch mit nach Neuendettelsau zu Schule.

1977 fuhr ich mit meiner Schwester Gerda das erste Mal nach „Hause". Da sie 13 Jahre älter ist, zeigte sie mir alles, denn ich konnte mich kaum an etwas erinnern. Wahrscheinlich haben die starken Eindrücke auf der Flucht die Erinnerungen an zu Hause zugedeckt.

Wir kämpften uns auch durch dichtes Gestrüpp zum Friedhof durch und fanden die Gräber vom Onkel Gustav, der an der Spanischen Grippe starb, und das Grab meiner Oma. Es blühten zwischen all dem Unkraut und den Brennnesseln auch einige Maiglöckchen, die ich zwischen Buchseiten gepresst meiner Mutter als Erinnerung mitbrachte.

Auf unserem Hof lebt seit dieser Zeit eine polnische Familie, die auch aus ihrer Heimat von Stalin vertrieben wurden. Sie nahmen uns sehr gastfreundlich auf. Als meine Schwester fragte, warum sie alles so verkommen ließen, antworteten sie: „Gleich nach dem Krieg hofften wir immer, bald nach Hause zu dürfen und jetzt gibt es nichts mehr zu kaufen, um etwas zu reparieren.

In den letzten Jahren war ich immer wieder mal zu „Hause". Bei jedem Besuch war es trauriger, weil der Hof immer mehr verfällt. Das letzte Mal war ich 2012 dort. Mittlerweile lebt nur noch der Bauer auf dem Hof, der noch nie gern Bauer war und wahrscheinlich auch keine Ahnung von der Landwirtschaft hat. Die Gebäude verfallen mehr und mehr, die wenigen Schafe, die er noch hat, sind in einem erschreckend schlechten Zustand, die Tiere voller Mist und die Füße verschorft.

Alles erfüllt mich mit tiefer Trauer und doch zieht es mich immer wieder hin, nach Ostpreußen, in die Heimat meiner Familie.

Aufnahmen von 2012